「……てか、今日は泊まっちゃおっかなぁ」

これまでもお互いの部屋に泊まることなんてしょっちゅうあった。

だけど今、このセリフは俺たちの間で
別の意味を持っているのだ。

「――だってわたしたち、つき合ってるんだし」

ねぇ、もういっそつき合っちゃう？

幼馴染の美少女に頼まれて、カモフラ彼氏はじめました

――やばい、めちゃくちゃ
この道も小学生の頃、
二人で手を繋いで歩いたことがあった。
あの頃はそんなこと当たり前だった。
ならば今、サイズの変わった相手の手の感触に
ドキドキしているのは自分だけなのだろうか。
気づけば俺は、一人そんなことを考えていた。
真園正市
まそのまさいち
リアルは充電系なオタク男子。
部屋にやってきて一緒にオタ充する
十色は家族同然の存在。
突如、十色からカモフラ彼氏に
なって欲しいと頼まれて
OKする。

緊張する……。
来海十色
くるみといろ
リアルは充実系なカーストトップ女子。
実はオタクで
正市と遊ぶのがとても好き。
そのため、正市に
カモフラ彼氏にならないかと
切り出す。

距離にして約一〇センチ。
十色の揺れる吐息が、
俺の唇に当たっている。
相手の身体に
触れてしまいそうで、
身動きができない。
「多分ね、正市。
本物のカップルなら、
この先があるんじゃないかな？」

ねぇ、もういっそつき合っちゃう？１

幼馴染の美少女に頼まれて、カモフラ彼氏はじめました

叶田キズ

HJ文庫
948

口絵・本文イラスト　塩かずのこ

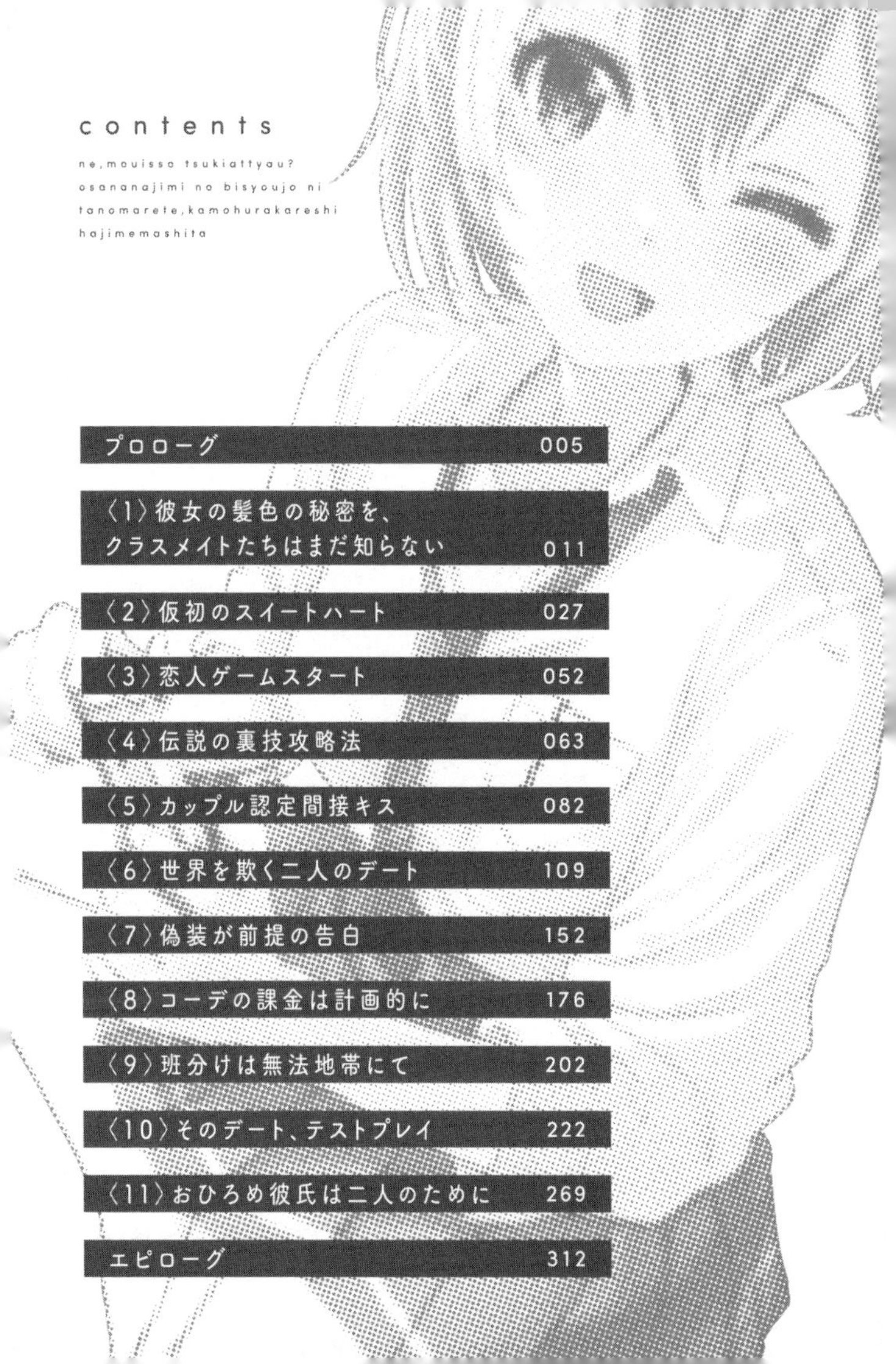

contents

ne,mouisso tsukiattyau?
osananajimi no bisyoujo ni
tanomarete,kamohurakareshi
hajimemashita

プロローグ　005

〈1〉彼女の髪色の秘密を、
クラスメイトたちはまだ知らない　011

〈2〉仮初のスイートハート　027

〈3〉恋人ゲームスタート　052

〈4〉伝説の裏技攻略法　063

〈5〉カップル認定間接キス　082

〈6〉世界を欺く二人のデート　109

〈7〉偽装が前提の告白　152

〈8〉コーデの課金は計画的に　176

〈9〉班分けは無法地帯にて　202

〈10〉そのデート、テストプレイ　222

〈11〉おひろめ彼氏は二人のために　269

エピローグ　312

プロローグ

「ああっ、ダメぇ、打たないで打たないで。あー、やめてぇ」

放課後、俺《おれ》の部屋、ベッドの上。

隣《となり》に座《すわ》る、同じ高校の制服姿の女の子が、コントローラーを握《にぎ》ってぴょんぴょんと跳《は》ねていた。

二人でテレビに向かって遊んでいるのは、レースゲームでは定番のマルオレース。一位を走る彼女《かのじょ》のキャラクターに、俺がアイテムを使い追撃《ついげき》をしかけようとしているところだ。

「許せ。盛者必衰《じょうしゃひっすい》の理《ことわり》とはこのことだ」

俺はそう言って、青と黒にカラーリングされたミサイルを発射した。ミサイルはすぐに彼女の操《あやつ》るお姫様《ひめさま》のキャラの上空を旋回《せんかい》し、そして爆撃《ばくげき》。青い煙《けむり》をくぐりぬけ、俺の操るゴリラキャラがトップに躍《おど》り出る。

「もー！　正市《まさいち》のズル！　過激派！　いけず！　陰湿《いんしつ》！　隅《すみ》っこ根暗！」

「今は根暗関係ないだろ！　え、精神攻撃《こうげき》？　場外戦!?」

そうこう言っているうちに、俺は背後から迫《せま》ってくる赤いミサイルをバリアアイテムで防ぎ、もう一つ連続で迫っていた赤ミサイルを誘導《ゆうどう》し壁《かべ》にぶつけて処理をする。赤ミサイルにはホーミング性能があるのだ。

そのままゴールまで、カーブは二か所。きっちりドリフトをしてインをついて曲がり、二個目のカーブは路肩《ろかた》の花壇《かだん》を飛び越《こ》えてショートカットをした。

そうして、俺——真園《まぞの》正市が操縦するゴリラは、見事レースを一位でゴールした。

ふぅと一息つき、目にかかるまで伸《の》びた前髪《まえがみ》を左に払《はら》う。

「ぎゃー、ちょっ、いやー！　あっ、いけるいける！　えっ、ちょっ、やー」

やや遅《おく》れて、CPUにも抜《ぬ》かれた彼女——来海《くるみ》十色《といろ》のお姫様が五位でゴールした。

ていうか、叫《さけ》びすぎだろ。カーブを曲がる度《たび》に身体《からだ》も傾《かたむ》いて、俺の方に肩《かた》がしがしぶつかってくるし。まぁいつものことだけど……。

「あー、負けた。序盤《じょばん》から青ミサイル温存とかズルすぎ。ていうか、正市このコース強くない？　ドリフトぎりっぎり攻《せ》めてくるじゃん」

脱力《だつりょく》するようにベッドにコントローラーを落としながら、十色が訊《き》いてくる。実は俺は自ら一旦《いったん》最下位になり、そこから一位まで駆《か》け上《のぼ》るというテクニックを駆使《くし》していた。すごそうに見えるが、一位との距離《きょり》が離《はな》れているほどいいアイテムが手に入るので、逆転はしやすい。だが俺は敢《あ》えてそこで手に入れたアイテムを温存しつつ、自らのプレイヤースキルを存分に発揮して上位に浮上《ふじょう》。それから残しておいたアイテムを使って、悠々《ゆうゆう》と一位にいた十色を陥落《かんらく》させたのだった。

「もう極《きわ》めすぎて地元の街を走ってる感覚だからな。てか十色、声うるさすぎ」

「あの花壇のショートカットは完全に地元走りのテクだね。声は出ちゃうんだからしょうがないじゃん。あー、せっかくさっきお菓子《かし》食べたのに、叫びすぎてカロリー赤字だよ」

「カロリー赤字って……。とりあえず、罰《ばつ》ゲーム。下の階からジュースお願い。そのときにまたお菓子も取ってきたら？」

「はーいはい、行ってきますよ。お菓子は太るからもうやめとく」

十色はよっこらせっと、ベッドシーツを裸足《はだし》でぎゅっと踏《ふ》みしめて立ち上がった。ベッドからとんっと下り立つと、栗色《くりいろ》で、毛先の内側だけ赤く染められた（インナーカラーというらしい）艶《あで》やかな髪がぽんと弾《はず》む。

「冷蔵庫に炭酸のジュースあったよね。あれでいい？」

「おう、よろしく」

それから彼女は一人、勝手知ったる様子でドアを開け一階のリビングへと下りていった。

俺と十色は幼馴染《おさななじみ》だ。それも、腐《くさ》れ縁《えん》の幼馴染。

一緒《いっしょ》にいると心地《ここち》いい。幼い頃《ころ》から二人で遊んでおり、プレイするゲームも一緒だし、漫画《まんが》やアニメの好みも似ている。だから放課後、こうして部屋で二人、しょっちゅうだらだらと遊んですごしている。

男女が一つ屋根の下の同じ部屋。そう聞くと男子ならちょっとドキドキな想像をしちゃうかもしれないが、俺たちの間にそういう関係は一切《いっさい》ない。

正直俺は十色を兄妹《きょうだい》のように思っていたし、おそらく十色もそんな感覚だと思う。まぁあいつ、ずっとベッドでお菓子食って、ごろごろトドのように寝《ね》っ転《ころ》がってゲームしてるだけだしな。たまにアニメ見てると寝落ちしていびきかいてるし……女子としてはちょっと意識できなかった。

そんなわけで、間違《まちが》いが起こることもないし、そういう雰囲気《ふんいき》にすらなったことがない。きっと十色も俺に対して、同じようなことを思っているのだろう。

だから俺は、こんなつかず離れずのだらだらとした腐れ縁の関係が、思わぬ方向に進展していくことになるなんて、全く予想もできなかったのだ。

十色が炭酸ジュースの入ったペットボトルを手に部屋に戻《もど》ってきた。

「ねね、びっくりすること言っていい？」

「ん？　なんだよ急に」

突然《とつぜん》の十色の言葉に、俺は訝《いぶか》しげな声で返す。

「知ってた？　もう八時になりかけなんだよ」

「なんだそんなことかよ。……って、え、マジだ！　もうこんな時間⁉」

時計を見て、確かに俺もびっくりした。

放課後、寄り道もせず家に帰ってすぐにゲームを始めたはずだったが。気づけばもう夜になっていた。本当にあっという間で、二人して夢中になっていたことがわかる。

「この部屋、カーテン閉めきってるからね。ちょっと不健康じゃない？」

「夕陽《ゆうひ》が差しこんできてプレイの妨《さまた》げになったらどうする。そのミス一つが命取りになるかもしれない。遊びじゃないんだぞ」

「遊びじゃなかったんだ⁉」

そんな冗談《じょうだん》交じりの会話の中、俺はもう一度時計に目をやる。

「じゃあ今日はそろそろ帰るか？」

すると十色はにやりとした笑《え》みを浮《う》かべ、ふるふる首を横に振《ふ》った。

「いいじゃん？　帰らなくて」

「なんでだよ。遅《おそ》くなると夜道が危ないぞ」

「いやいや、家真横じゃん。……てか、今日は泊《と》まっちゃおっかなぁ」

俺と十色の家は隣同士《となりどうし》の一軒家《いっけんや》で、親同士も仲がいい。お互《たが》いの部屋に泊まることなんてよくあった。だけど今、このセリフは俺たちの間で別の意味を持っているのだ。

十色のにやにやで、彼女が冗談を言っているとわかる。しかし、なんとなく予想できたその後に続く言葉に、俺は思わずため息をつきそうになる。

「――だってわたしたち、つき合ってるんだし」

つき合っている。俺と十色は今、つき合っている。

「いや、フリな、フリ」

俺は慌《あわ》てて言い添《そ》えた。

腐れ縁続きの俺と十色は、最近とある理由からつき合っているフリをすることになった。

カップル（仮初《かりそめ》）となった今も、以前と変わらずだらだらと遊んでいるのだが。

しかし果たして、こんな関係はこの先もずっと続いていくのか――。

これは腐れ縁をこじらせた、俺と彼女、二人の物語だ。

〈1〉 彼女の髪色の秘密を、クラスメイトたちはまだ知らない

季節は少し遡《さかのぼ》り、俺たちが中学を卒業し、高校に入るまでの春休み。

ある日の俺の部屋には、いつも通り十色《といろ》がやってきていた。

＊

『昔から、あたしがあんたの一番だから！　絶対他の人なんかに負けないいんだからっ！』

テレビに映るアニメの中で、金髪《きんぱつ》ツインテールの美少女が、主人公である黒髪《くろかみ》メガネの地味めな男キャラにそう叫んでいる。

「やー、いいぞー、いけいけー。でも絶対報《むく》われないいんだろうなー」

ベッドで片肘《かたひじ》を突《つ》きながらオッサンのように寝転《ねころ》がった十色が、そう野次《やじ》を飛ばす。

「なんでだよ。いいじゃないか沙羅良《さらら》。主人公に懐《なつ》いてて可愛《かわい》いし。このシーンも、ずっと他の女子への嫉妬《しっと》を抑《おさ》えこんでいた彼女が、ついに我慢《がまん》できなくなって爆発《ばくはつ》してしまっ

た本音って感じで熱い」

　自分の勉強机に着き、集めているトレーディングカードの整理をしながらアニメを見ていた俺は、手を止めて十色に言葉を返す。

「そりゃ可愛いけどさー。でも幼馴染キャラだしねー」

「幼馴染＝負けヒロインみたいな風潮、やめにしない？」

　最近のラノベでは幼馴染が負けないものだって出てるぞと、俺がフォローしかけたとき、

『ごめん沙羅良、やっぱり俺、あいつのことが――』

　画面の中で沙羅良があっさりフラれていた。

「沙羅良ー！　なんでだよ、おいそこの男！」

「やっぱしねー。てか、主人公の名前くらい覚えたげなよ」

　十色がのんびりとした口調で言うが、その内容まで今の俺の耳には入ってこない。

「沙羅良、辛《つら》いよなぁ……。代わりに俺が幸せにしてやる……」

　片手間に見ていたアニメだったが、いつの間にかかなり感情移入してしまっていた。それも、ヒロインの気持ちの方に。

　幼馴染ヒロインっていいよな。昔から仲がよく、他の誰《だれ》よりもお互いを知っている間柄《あいだがら》。

『あいつとは別に何もないから！　ただ家が近かっただけ』

なんて言いつつ、他の女子が主人公に近づくと嫉妬したりするのだ。

主人公の方は友達の男子から、

『いいよなぁ。あんなに可愛い子と昔からの友達なんて』

と言われ、

『可愛い？　あいつが？』

『ああ、当たり前だろ。校内での人気投票、堂々一位だぞ？　性格も優《やさ》しくて、あんな子そうそういねぇよ』

『そうかなぁ。いつも一緒にいるからわかんねぇよ』

なんて会話を白々しくこなしたりして。

ああ、アリよりのアリ！　幼馴染ヒロインがいるだけで人生がとても豊かになりそうだ。

と、妄想《もうそう》していた俺だが、すぐに首をぶんぶんと横に振る。

大事なことを失念していた。気をつけなければいけないことだ。

幼馴染の女の子には、二タイプが存在する。

一つは先程《さきほど》挙げたような、異性の幼馴染のことが好きで、他の女子には可愛く嫉妬もしちゃうようなアニメヒロインタイプ。幼い頃から一緒にいるため、主人公の考えることを敏感《びんかん》に察知し、気の利《き》く、沙羅良のような女の子のことだ。

そしてもう一つは――。考えながら、俺はちらりと斜《なな》め後《うし》ろにいる十色の方を見た。

灰色のスウェット姿で、ベッドでだらんと横になっている彼女。片肘を突きながらテレビを見つつ、もう片方の手で胸元《むなもと》に置いているスナック菓子を口へと運ぶ。

あ、おい、お菓子のかすがこぼれてるだろ！

そんな俺の非難の視線をよそに、十色はお菓子を食べた手で呑気《のんき》に腰《こし》のあたりをぼりぼり掻《か》き始めた。めくれたスウェットの裾《すそ》から、サテン地で青色の下着がちらちら見えている。

……このぐーたらの権化《ごんげ》としか言えないような彼女が、もう一タイプの幼馴染。

二人の間に恋愛《れんあい》の「れ」の字もなく、ただただつかず離れずの距離感が続くだけの、超《ちょう》リアルタイプだ。

アニメや漫画に出てくる幼馴染キャラが当たり前の幼馴染像だと思ってはいけない。現実を目《ま》の当たりにしてきた俺が言うのだから、間違いない。

テレビでアニメのエンディングが流れだした。十色はもぞもぞ身体を起こすと、ほわぁっと巨大《きょだい》な声を上げて伸びをする。それから、もう中身がなくなってしまったらしいスナック菓子の袋《ふくろ》を、大きく開けた口の上でとんとんと叩《たた》きだした。ぱらぱらと服の上にこぼれたお菓子の欠片《かけら》を、

「おっとっとっと」

と呟《つぶや》きながら指先でつまんで口へ運ぶ。そこ俺のベッドだぞ……。

「……お前ってさ、モテないだろ」

俺は思わずそう漏《も》らしていた。

「ん？　今なんか悪いこと言ったでしょ」

十色がぴくりと反応し、こちらを振り向く。

「わたしがモテない？　そんなことないよ。モテモテで困ってるもん。逆にみんなの愛が重すぎて持てないくらいだね」

「うまく言わんでいいし。てか、お前がモテる？　想像できないんだが」

「正市《まさいち》が知らないだけだよ。中学違《ちが》かったじゃん。今度一緒《いっしょ》の高校に入ったら、きっとびっくりするよ？　わたしの人気者具合に」

十色がにやりと笑って口にする。本気で何か企《たくら》んでいるような、自信のある顔つきに見えなくもない。

俺と十色は、家は隣同士ではあるが中学は別々だった。理由は俺が、少し頭のいい私立の男子校に入学したからだ。

親の希望でした中学受験だったが、しかし、合格したのは三つ隣の市にある、電車で片道一時間半かかる場所にある学校だった。帰りが遅くなるため部活もできず、放課後遊ぶこともできないため学校での友達もうまく作れず、さらに言えばガチャを回すためのバイトもできず……毎日まいにち通学だけに三時間も失っていく日々。

まぁ俺は電車でスマホを使ってアニメを見たりゲームをしたり割と充実《じゅうじつ》した時間をすごしていたのだが、見かねた親が高校は地元の公立に入るよう勧《すす》めてきたというわけである。電車タイムは充実していたものの、中学三年の頃はオタク活動が本格化し、夜更《よふ》かしする日が増えていた俺は、朝早く起きるのが辛くなっていた。そこで親の勧めに従い、エスカレーター式の学歴を辞退することにしたのだった。

中学生の間、別々の学校であっても、土日や長期休暇《きゅうか》で十色とは遊んでいた。しかし、家ではこれまでもずっとこんな感じだ。ぐーたらで、オタクで、いつもトドやセイウチのようにベッドに転がっている。気づけば猫《ねこ》みたいに伸びながら寝落ちしていることもある。

「いやいや、信じられんだろ……」

こんな彼女が、学校ではモテているだと？

「ていうか、正市に言われたくないし。中学でも友達できなかったって言ってたじゃん。もちろん彼女もいなかったでしょ？」

「違う。できなかったじゃなくて、作らなかった。家でアニメ見たりゲームしたり忙《いそが》しかったからな。同じリア充《じゅう》でも、俺はリアルで充電してたんだ」

「あーはいはい。ま、わたしもどっちかというと家でだらだらしてたい派だから、正市のスタンスには賛成だけど」

十色はぽんぽんと座っているベッドを叩いてみせる。最近俺のベッドが、完全に彼女の領域になりつつある気がする……。

「ま、そのうちわかるじゃん？　学校でどんなかなんて。来週には同じ学校に通うんだし」

俺と十色は同じ徒歩圏内《けんない》の公立、名北高校《めいほくこうこう》に合格していた。それも事前の案内で、同じクラスであることも知らされている。十色によると、もうクラスのメンバーでのメッセージグループらしきものが稼働《かどう》し始めているそうだが、俺は参加していない。

「……はぁ。来週から学校か」

今の会話から、嫌《いや》なことを思い出してしまった。

「あー、考えだしたらめんどくさくなっちゃうから。ほらほら、今はゲームしよ？　何する？　乱闘《らんとう》？　パーティ？　それともレ・ー・ス？」

「それともお風呂《ふろ》？　みたいな言い方だな！　現実から目を背《そむ》けたいから、パーティで」

俺がそう答えると十色は笑って、珍《めずら》しく自ら動いてゲームの準備を始めてくれる。嫌な空気を作ってしまったお詫《わ》びだろうか。

そんな彼女の様子を見ながら、俺は改めてずっと春休みが続けばいいのにと思う。

この部屋だけで完結している二人の世界は、それなりに居心地《いごこち》がいい。

＊

あれから一〇日が経《た》った。

高校に入学し、同じクラスに配属された俺と十色だが、その立ち位置は全く違っていた。

教室隅っこの席で、休み時間もスマホを見たりラノベを読んだり寝たりして体力を温存している俺に対し、彼女はというと、

「ねー十色っ！　放課後ひま？　駅前に服見に行こー？」

「今日？　あー、うん、大丈夫《だいじょうぶ》だよ。行こっか！」

「えー、それあたしも行きたい！　十色ってさ、いっつもどこで化粧品《けしょうひん》買ってるの？」

「多分みんなと一緒だよ？　でもせっかくだし今日化粧品も見よっか」

「ちょっとちょっと、十色、昨日三年の朝日《あさひ》先輩《せんぱい》に呼び出されたってほんと？　噂《うわさ》になってるよ。告白でもされちゃった？」

「朝日先輩？　……あー、昨日の放課後の。されてないされてない。なんかサッカー部の

試合があるから見にきてくれって言われて。でも、わたしサッカーわかんないんだよなー」

こんな感じで、常に友達の女子たちに囲まれている。中学からの知り合いが多いと言っていたが、どうも十色はその中心的人物となっているらしい。

また、俺が珍しく席を立ちトイレに行けば、

「なぁなぁ。二組の来海《くるみ》って子、可愛くね？　学年一番と言っても過言ではないね。雑誌のモデルとかにも負けないと思うんだが」

「あー、わかる。俺も二組の前通るときは来海さんがいるか中を確認《かくにん》しちゃう。なんかキラキラしてるっていうか、オーラあるよな」

「誰に対しても分け隔《へだ》てなく明るい感じがいいよな。初対面で話しかけても不審《ふしん》な顔一つせず笑顔《えがお》で挨拶《あいさつ》してくれたぞ？」

「お前ずりぃ！　話したことあるのかよ！」

小便器に並ぶ男子たちの、そんな話が耳に入ってくる。

二組って俺のクラスだな。そんな可愛い子いたっけ。えっと、来海さん……？　確か十色の苗字《みょうじ》もそんなだった気がするが……人違《ひとちが》いじゃないか？

確かに言われてみれば、顔は可愛いのかもしれない。目鼻立ちはくっきりとしており、睫毛《まつげ》は何もせずともマッチ棒が三本は乗りそうなほど長い。若干《じゃっかん》丸顔で、人好きのする夕

イプに思える。身長は女子の平均ほどだと確か言っていた。それでもちょっと背が高く見えるのは、すらりと伸びた脚《あし》のせいだろうか。その小さな背中では少しカールした毛先が、彼女が笑ったりする度にぴょこぴょこと揺《ゆ》れている。

ただ、そんな十色は幻想《げんそう》だ。

俺にとっては、部屋でぐでーんという擬態語《ぎたいご》を身に纏《まと》ってベッドで転がっている彼女こそが現実。というか、そっちが素だと知っている。今は明るく社交的なキャラを演じているだけなのだ。

トイレから教室に戻ると、相変わらず教室の後方で十色たち女子が騒《さわ》いでいる。

「てかてか、十色、その髪の色すごい綺麗《きれい》だよねー。モデルさんとか、参考にしてる人いるの？　あたしもそんな感じでカラー入れたーい」

「ありがとー。この髪結構気に入ってるから普通《ふつう》に嬉《うれ》しい。うららちゃんもやってみたら？」

「えー、でもウチ似合うかなー」

うららと呼ばれた女子――中曽根《なかそね》うららは、非常にギャルっぽい見た目の、イケイケの女子だ。肩甲骨《けんこうこつ》を覆《おお》うウェーブした金髪に、膝上《ひざうえ》三〇センチまで短くしたミニスカート。

そんなタイプの友達も、十色には多いようだ。スクールカーストは間違いなくトップ層。長く伸びすぎた黒髪に、スポーツもしておらず平凡《へいぼん》な身体つき、地味な男子代表を名乗れるような見た目の俺からすると、生涯《しょうがい》関《かか》わることがないだろう存在だ。

俺が自分の席へ戻ろうとしたとき、十色がちらりと俺の方を見てきた。そして目が合うと、ドヤっと得意げな笑みを浮かべ、横髪をふぁさっと払ってみせてくる。褒《ほ》められて嬉しかったのだろうか。

そのウザい仕草に顔を顰《しか》めながら、俺は席に着いた。

するとすぐに、前の席に一人の男子がどっかりと腰を落とし、俺の方を振り返ってきた。ロングの前髪を片手で掻き上げながら、話しかけてくる。

「やぁやぁ、同志正市くん。調子はどうだい？」

「誰が同志だ」

「つれないねぇ。共にこの共学で青い春の風を吹《ふ》かせようと志した仲間じゃあないか」

彼《かれ》の名前は猿賀谷《さるがや》三太《さんた》。この学年で唯一《ゆいいつ》、俺と同じ男子中学から進学してきた生徒だ。しかし、その進学理由は方向性が全く違い、猿賀谷は男子校が嫌でいやで仕方なく、女子を求めてこの名北高校にやってきていた。

同年代男子よりエロに目がない性格の彼は、雨の日も風の日もエロを探して外に出る。

雨に濡《ぬ》れたエロ本を見つけたら、ドライヤーを当ててページが綺麗にめくれるまで乾《かわ》かし、風の強いスポットを見つければ、女子のスカートがめくれ上がるのを何時間だって待ち続ける。中学時代、彼の性癖《せいへき》や奇行《きこう》は学年中に知れ渡《わた》っていた。

実は、そんな彼と俺は密《ひそ》かに交流があった。

勉強熱心な彼は、エッチな展開目当てにエロゲにも手を出していた。そこで出会ったとあるエロゲの、ストーリーの方にとても感動し、アニメ版もチェック。その流れで、深夜アニメの世界にハマるようになった。そして、元々オタクだと噂されていた同じクラスの俺のもとに、オススメのアニメはないかと訊きにくるようになったのだ。

とまぁ、そんな感じで、中学の頃からつき合いはあった。けれど、同志というような間柄では決してない。誠《まこと》に遺憾《いかん》である。

「何が青い春の風だ。そんな爽《さわ》やかな動機じゃないだろ、脳内ピンク男が」

「こりゃあ手厳しい。けれど正市、期待せずにはおれんだろう？　ピチピチの女の子たちに囲まれ幸せな毎日。今思えば中学生活は真《ま》っ暗闇《くらやみ》、長いトンネルの中にいたようだった」

「男子校とわかってて入学したんだろ……？」

「言う通り、それはオレの反省点。教育の質を求める親にそそのかされ、踏み出したが最後、暗黒時代の幕開けだった。しかし人間は学び成長する生き物だ。その経験をバネにし

て、オレはこうして桃色《ももいろ》の日々を手に入れた。それは正市も同じだろう」

「だから同じにするなって。それに桃色って、やっぱり脳内ピンクじゃないか」

俺が呆《あき》れた調子で言うと、猿賀谷は「うはは」と大袈裟《おおげさ》に笑い声を上げた。しかし、すぐに真剣《しんけん》な表情で声をひそめる。

「で、正市。お目当てはあの来海さんか？」

「は？」

「かすむほど高い嶺《みね》の花に狙《ねら》いを定めたもんだなぁ。聞くところによると告白の予約が埋《う》まるほどの盛況《せいきょう》ぶりらしいじゃあないか。告白のアポを取ろうとしたら、その日はすでに別の男子に呼び出されてた、なんて。まだ入学したばっかりだぜ？」

もう告白まで、それも複数回されているのか……。

猿賀谷はアニメオタクでありつつも、社交性があってすでに友達も多い。言いたくはないが顔はイケメンに含《ふく》まれる部類で、誰とでも気さくに話す彼は男子たちの間で人気が高いのだ。そんな彼は休み時間、俺のところには留《とど》まらず、教室のいたるところに飛び回ってはいろんな相手と話している。その情報網《じょうほうもう》がキャッチした噂話《うわさばなし》なのだろう。

「ていうか！　なんで俺の目当てがあいつになってんだよ」

「ん？　そりゃあもちろん、さっきから熱烈《ねつれつ》な視線を注いでやがるからだろう。お前の様子を窺《うかが》えば、結構な頻度《ひんど》で見てやがる。確信したね、恋《こい》だって」

「スーパー誤解だ。後ろの女子がうるさくて、何を騒いでるんだって眺《なが》めてただけだよ」

「ほう。てっきりオレはお前のウルトラ片思いかと」

「やめてくれ、アルティメット勘違《かんちが》いだ」

　俺が形容詞のレアリティを上げながら再び遺憾の意を表明したい気分になっていたところ、猿賀谷が急に表情を緩《ゆる》めた。

「そうかぁ。でも本当にそうなら、そのまま見てるだけでいた方がいいなぁ。何十倍の競争率の中にわざわざ飛びこんでズタズタになる必要もない」

　どうやらこちらの身を案じてくれているようだった。俺は「あー」と声を伸ばして曖昧《あいまい》な返事をする。

　十色の競争率が何十倍？　そう言われても、どうも俺にはしっくりこない。あの十色が？　という疑いの念が先に出てしまう。

　教室後方では女子たちの会話がまだ続いていた。

「でもそこまで明るいカラー入れたら髪《かみ》痛むよねー。脱色《だっしょく》もしっかりしなきゃだし。なんで十色の髪そんなさらさらなの？」

「んー？　シャンプー？　あ、あとドライヤーかな。低温で時間かけて頑張《がんば》るの」

「それだけ？　他のケアなし⁉　天は可愛い子には二物もキューティクルも与《あた》えるの⁉」

女子たちに囲まれた十色は確かに人気者であるようだった。どこか神聖化されているような気配さえある。あの姿だけ見れば他の男子たちがこぞって憧《あこが》れるのもわかる気がする。

だけどこの教室で、俺だけが知っているのだ。

十色の毛先の赤色のインナーカラーは、モデルでもアイドルでもなく、好きなアニメキャラの真似《まね》をして入れていることを――。

〈2〉 仮初のスイートハート

ぽつぽつしとしとと、雨が降り続いていた。

俺の通う公立名北高校《めいほくこうこう》は高台に建っており、天気がよければ駅周辺の街並み、そのむこうには海を一望できる。しかし今日、三階の教室の窓から見える景色は灰色に染まっており、蛍光灯《けいこうとう》の光がいつもより眩《まぶ》しく窓ガラスに反射していた。

高校に入学して、早くも二ヶ月。季節は梅雨《つゆ》に突入《とつにゅう》していた。

最近俺はスマホでできる、対戦型の攻城《こうじょう》ゲームにハマっており、多くの時間と小遣《こづか》いをそのアプリに費やしていた。キャラクターのレベル上げも必要ながら、プレイヤースキルが大きく勝敗を分けるゲームなので奥《おく》が深い。その分、もちろんランキングを上げるにはかなりの努力が必要となり、プレイ時間も伸びてのびて仕方ない。

その日の昼休み、俺はゲーム内のフレンド一覧の整理に取り組んでいた。フレンドになると協力バトルやアイテム交換《こうかん》、チャットができたりするのだが、枠《わく》が限られているのでログインの少ない人やランクが自分と離れすぎている人は申し訳ないが解除させてもらうようにしている。とは言いつつ、俺のフレンドはほとんどが知らない、会話もしたことがないような人ばかりなので、フレンドを辞《や》めることに特に罪悪感はないのだが。

人さし指でひょいひょいと軽快に友達を整理していたが、俺は一人の名前の上でその動きを止めた。

それは俺のフレンド一覧の中で唯一、中の人の顔がわかる、リア友のもの。

『Toichan@初心者です　　　3日前』

Toichanとは、十色《といろ》がよくゲームやSNSの裏垢《あか》なんかで使っているハンドルネームだ。

そして、その次にある三日前というのは、彼女のこのゲームへの最終ログイン日である。

俺が先にハマったゲームだが、すぐに十色もやりたいと食いついてきてダウンロードした。最初は熱心にプレイしていたが、最近はログインしていないよう。

近頃《ちかごろ》、十色は学校の友達とのつき合いで忙しそうだった。お互い帰宅部ではあるのだが、放課後や土日、俺の家に遊びにくることもめっきり減っており、きっとゲームをする暇《ひま》もあまりないのだろう。

十色の奴《やつ》が、ここまでリア充側の人間だったとは……。

まぁ、俺の方は俺の方で、スマホゲームはさることながら、部屋の机に積まれていた一人用のアドベンチャーゲームの山がどんどん片づいており、充実した日常をすごしている。

というか、寝不足《ねぶそく》で辛い。

俺はしばし彼女の名前を眺めていたが、フレンド解除はせず、アプリの画面を閉じた。

＊

夜になっても雨は降り続いていた。

「さて、どうするか……」

俺は部屋で一人悩《なや》んでいた。明日発売のとある雑誌に集めているトレーディングカードがおまけとして付属しているのだが、ＳＮＳを見ているとフラゲ報告が多く出ているのだ。

きっと、俺の家の近所のコンビニでは、目当ての雑誌はまだ並んでいない。経験上、陳《ちん》列《れつ》されるのは翌朝だ。今わざわざ雨の中で行っても、無駄足《むだあし》になる可能性が高い。

だが、万が一のこともある。他で買えた人がいるという現実が胸をそわそわさせてくる。

どうせ明日の朝には手に入る。だけど人気の商品で売り切れも怖《こわ》く、何より実物のカードを早く拝みたい。

……こういう悩みが生まれちゃうから、基本フラゲはできないよう店舗《てんぽ》の方で努めてほしいんだよなぁ。

数分間、勉強机に座《すわ》りながら頭上の虚空《こくう》を見つめて葛藤《かっとう》していた。

そのときだ。ドガンと勢いよく、唐突《とうとつ》に部屋のドアが外から開かれた。俺《おれ》は驚《おどろ》いて、椅《い》子《す》の上で跳《は》ねるように姿勢を正す。見れば、そこに立っていたのは俺の姉、星里奈《せりな》だった。

「問題です」

ジャジャンとクイズふうに言う星里奈。

「なぜあたしは怒《おこ》っているでしょうか」

いきなりなんだ、という俺の怪訝《けげん》な視線は一切無視で、星里奈はパーマのかかった金髪を手でもさもさとボリューム調整している。寝巻《ねまき》用のジャージ姿に、低血圧そうな白い顔。瞼《まぶた》は若干重そうで、寝起《ねお》きだとわかる。その髪の隙間《すきま》から覗《のぞ》くカラフルに彩《いろど》られた爪《つめ》は、ブスッとやったら人が殺せそうなほど長い。

「……昼間にきた新聞勧誘《かんゆう》のおじさんに、『奥さん奥さん』と連呼されたから」

「あ？　誰が大喜利しろっつった？」

思いっきり星里奈が目を眇《すが》めてきた。迫力《はくりょく》がある。いわゆるガンを飛ばすというやつだ。

留年を繰《く》り返して大学七年生の姉。ギャルらしい見た目をした彼女《かのじょ》は、高校時代はかなりの不良で、ヤンキーたちとつるんで夜な夜な遊び回っていた。中々の顔とスタイルを持ち合わせた姉は、不良男子たちの憧れの的だったとか。大学受験を機に落ち着いたのだが、今でも夜遊びの癖《くせ》は抜《ぬ》けておらず、大学の授業のない日は基本朝帰りで晩まで寝ていたりする。夜、おじ様相手の接客業のバイトをしているという話も聞いたことはあるが、興味がないので詳《くわ》しくは知らない。

「わからねぇよ。なんだ？　怒ってる？」

「そうだよ。あんた、メッセージ見てないの？」

そう言われ、俺はベッドの上に放っていたスマホに手を伸《の》ばした。画面を確認すると確かに、メッセージアプリの通知がきていた。

『晩飯どうする。金ならある』

「え、何このかっこいいセリフ」

金ならあるって、どっかの社長なんかが無限の欲望を満たそうとするときに使う言葉だろ。カードショップでぜひ言ってみたい。『この店のとっておきを全部くれ、金ならある』。

「いや、意味わかんないし。今日、ママ仕事遅いらしいから、晩飯食っとけって金渡されてんの。それでどうすんのかって。全然返事こないから、もう腹減ったんだけど」

ふあぁと大きな欠伸《あくび》をしながら星里奈が言う。腹が減っているのか眠《ねむ》いのか……きっと両方なのだろう。

メッセージを見ると、送信時間は約三〇分前だった。パソコンでSNSをしていたせいで気づかなかったのだ。ようやく星里奈がイライラしている理由がわかってきた。

「晩飯か。作るのもめんどくさいしコンビニ飯でいいんじゃないか？」

「そ。んじゃ、早く買ってきて。もう待ちくたびれてんだから」

「あー、わかったよ」

待たせてしまったのは事実なので、パシられるのも致《いた》し方《かた》ない。

星里奈はポケットから一〇〇〇円札を二枚取り出してベッドの上に置き、

「あたしパスタ系。傘《かさ》持ってきなよ」

そう言い残し部屋を出ていった。

……そういや雨降ってるんだった。

めんどくさいことを引き受けてしまった。でもまぁ、雑誌が出ているかチェックもできるからいいか。どうせまだ売ってないんだろうけど……。

俺は小さくため息をつきながら、渋々《しぶしぶ》外出の準備を始めるのだった。

案の定、目当ての雑誌はまだ並んでいなかった。それが当然なのだが、やはり少し悔《くや》しさがある。二人分の晩ご飯だけ買って、俺はとぼとぼ店を出る。

少し遠いコンビニまで足を延ばすか？　いや、どうせ無駄《むだ》なんだろうなぁ。

そんな諦《あきら》めの悪いことを考えながら、傘を差して店の駐車場《ちゆうしやじよう》を歩きだしたときだった。

「あれ、正市《まさいち》？」

急に前方から声をかけられた。黒い傘を上げてそちらを見れば、偶然《ぐうぜん》通りかかったらしい十色が、ビニール傘《がさ》を差して立っていた。長袖《ながそで》のパーカーを腰に巻いた制服姿で、通学に使っている黒のリュックを背負っている。

「おう。……今帰りなのか？」

「うん。うららちゃんたちと遊んでたんだ。結構遅くなっちった」

「お疲《つか》れ、大変だな」

「まぁ、楽しかったけどね。最近正市の家、行けてないなぁ」

俺と十色は自然と帰り道の方へつま先を向けていた。並んで歩きだすと、すぐに十色が話しかけてくる。

「ねね、わたし、中々人気者だったでしょ？」

「あー、まぁ、そうだな……。確かに、モテてるって噂も聞いた」

高校入学前の春休みにした会話は、間違《まちが》いではなかった。偶然聞いた噂だが、十色は中学時代にも何度か男子に告白されていたらしい。しかし一度もＯＫを出したことがないそうで、高嶺《たかね》の花《はな》として話されていた。

返事がないので隣《となり》を見ると、十色が「むふふ」とにやけ面《づら》をこちらに向けてきていた。

「えへへ。どう、見直した？　もしかして正市も惚《ほ》れちゃったり？　んんん？」

「家にいる姿を写真撮《と》って、セイウチと比《ひ》較《かく》画像作って拡散してやろうか」

「営業妨害《ぼうがい》やめてぇ」

そのまま冗談《じょうだん》を言い合いながら、俺たちは帰路を歩んでいく。それは少し懐かしい、とても落ち着く時間だった。と言っても、五分も経たずに家の前に辿《たど》り着く。お互いの家の塀《へい》の丁度境目辺りに、俺たちは立ち止まった。

「そういえば、最近アプリのゲームやってないのか？」

「あー、そうそれ。あんまりできてないんだよね。また正市と協力バトルしたいのに」

「だいぶレベルに差が出てきてるぞ」

「やば。今日は絶対プレイする！　今からそっちの部屋行きたいけど……ちょっと遅いか」

そう言ったあとも、十色は悩ましげにスマホの時計を見ていた。

別に俺は大丈夫だけどな。どうせ部屋に戻《もど》ってもスマホゲームするだけだろうし。十色がくるなら晩飯は後回しでいい。

しかし十色はすぐに、自己解決したように首をふるふる横に振《ふ》った。

「今日はちょっと疲れたし、休もっかな」

それから「おやすみなさい！」と敬礼をして、十色は自分の家の門扉《もんぴ》に手をかける。

「お前、忙しいんだろ。体調は大丈夫か？」

俺が別れ際《ぎわ》に訊《たず》ねると、彼女はにへっと笑って頷《うなず》いた。

部屋に戻って勉強机の椅子にどさっと腰を下ろす。すると不意に、後ろのベッドでごろごろとくつろぐ十色の姿が脳裏《のうり》によぎった。めくれた服の裾からへそを覗かせながら、顔の上に漫画《まんが》を持ち上げて読んでいる。しかし本の重さに長時間は耐《た》えられず、すぐにこてんと横になる。いつもの、だらけた、俺にとっては当たり前の十色の姿。

振り返ってみるが、もちろんベッドには誰もいない。

無理をしているのではないだろうか。俺の中にはそんな心配があった。俺の部屋にくる回数が減っているということは、中学の頃《ころ》よりもハードな日々を送っていると考えられる。

「家でだらだらしてたい派、だろ」

ぼんやりと呟いたその言葉は、行くあてもなくぽとぽとと床《ゆか》に落ちていった。

俺にとって忘れられない事件が起きたのは、その三日後のことだった。

＊

その日も朝から降ったりやんだりの雨が続いていた。

昼休みの教室は、外に出られない生徒たちでいつも以上に騒がしい。普段《ふだん》はこの時間、校庭でサッカーをやっているような男子連中が、今日は教室後方で暴れ回っているのだ。

この休み時間は猿賀谷《さるがや》が他のクラスに遊びに行っており、ゲームに集中できると思っていたのだが……。俺はふぅと息をつき、首をこきこきと鳴らす。それからうるさいのは何事かとちらりと背後に視線を向ける。

「次行くぞ、カーブボール！」

「うおぉ、やべぇ！　いやマジで、魔球《まきゅう》よ魔球」

「キャップ野球で大会とかないんかな。俺たちなら絶対優勝できるべ？」

「行こうぜ甲子園《こうしえん》！　そのままキャップ野球で食ってこうぜ！」

……あいつら、ペットボトルのキャップで野球やってるのかよ。バットは二リットルの空ボトルを使っているようだ。てか、ピッチャーの投げるキャップ、すごい曲がってるな！

これがリア充たちの室内遊びか。いろいろあるもんだと俺は感心してしまう。

しかし、うるさいのはドタバタ暴れまわっているからだけではない。彼らは存在を主張するように敢《あ》えて教室中に響《ひび》く大きな声で会話しているのだ。俺たち今面白《おもしろ》い会話してるだろ、と特に女子たちにアピールするように。

どうせならキャップ野球にハマってそのまま青春の全《すべ》てを捧《ささ》げてしまえばいいのに。そんなスポ根展開なら、俺もあいつらのこと好きになれそう。そんなことをぼんやり思いながら、彼らのアピール先の女子はどんな反応なのかと、俺は視線を巡《めぐ》らせてみる。

そこでふと、教室内の違和感《いわかん》に気がついた。

いつもより女子の数が少ない。というか、十色を含めたカースト上位の連中がいないのだ。人数にすると五人くらいの減少であるが、彼女たちがいないと教室の明るさが激減したように感じるので不思議だ。

トイレか購買《こうばい》か、他クラスの友達にでも会いに行ったのか。

結局昼休みが終わる前にはみんな教室に戻ってきたし、俺も特に気にすることなく思考は月末発売のトレーディングカードのＢＯＸの内容に移っていた。

＊

俺が狙っているカードの月末発売のＢＯＸは、海外産で合計五〇〇〇個の数量限定、すでに再販《さいはん》はしないことが決定されており、封入《ふうにゅう》されているカードはかなり希少なものになると確定している。そのうち日本に渡って流通するのが一〇〇〇個ほどだと予想されており、ゲットするのも中々難しくなりそうだ。最近は買ってすぐ転売する者も増えており、ショップ価格で買えなければ、フリマアプリやオークションサイトで数倍の値段で検討しなければならなくなる。なるべくそういう転売目的の人に引き当たってほしくないと思っているのだが……。

その日の放課後、俺はカードショップに寄り道をしてＢＯＸの販売《はんばい》方法の確認をした。月末の土曜日の朝九時から先着一〇〇名に番号の書かれた抽選券《ちゅうせんけん》の配布を行い、その翌日に抽選。ＳＮＳやホームページで当選番号の発表後、当選者は抽選券と引《ひ》き換《か》えに購入《こうにゅう》することが可能となるそうだ。肝心《かんじん》の入荷《にゅうか》数は未確定だそうで、不安を覚えながらも早朝から並ぶことを決意した。

俺が脳内で当日朝のシミュレーションをしつつぶらぶら家に帰ってきたときだった。珍しく門扉にもたれてお客さんが待っていた。

「やぁやぁ、遅《おそ》かったですね。正市くん。その袋は駅前のカード屋、『とるねぇど』ですね。こんな乙女《おとめ》を待たせておいて、何か収穫《しゅうかく》はありましたか？」

まぁお客さんと言っても、俺を訪ねてくる相手なんて一人くらいしか思いつかない。いったいなんの用か。雨はやんだが薄曇《うすぐも》りの空の下、十色はずっと俺を待っていたらしい。

「お金もないからな、パックをちょっと買っただけだよ。どうしたんだ？　教室で言ってくれたら真っ直ぐ帰ったのに」

「それじゃあサプライズの意味がないじゃん」

「サプライズって、お隣さんが家の前に立ってたのがか？」

「とっても可愛《かわい》い女の子が、忠犬のようにキミの帰りを待ってたことだよ」

俺が「はいはい」と言って流そうとすると、十色が「むー」と頬を膨《ふく》らませた顔を頭一つ分下の位置から俺に向けてくる。

「で、どうする？　ちょっと歩くか？」

ぷくりと腫《は》れたハリセンボン顔にそう訊ねると、空気が抜けるように彼女がきょとんとした表情になった。

「う、うん、歩く！」

どうやら俺の言葉が意外だったらしい。家に招き入れられるとでも思っていたのだろうか。しかし、十色がどこかに移動したいと思っていることは、最初からわかっていた。

長年俺の家に通い続けてきた彼女は、もちろん家《うち》の家族とも仲がよく、俺がいないときでも誰かに声をかけて勝手に部屋にあがっていることがほとんどだった。今日も姉が家にいる。だけどそれをせず外で待っていたということは、部屋で何かする気分じゃないということではないか。

「あっちのさ、ちっちゃい頃よく遊んでた、河原《かわら》の方行かない？」

「ああ、わかった。雨で水かさが増えてなきゃいいけどな」

俺たちは十色の提案で、近所の川辺へ行くことにした。通学の荷物だけ俺の家の玄関《げんかん》に放《ほう》りこんでおいて、二人共手ぶらで歩きだす。

道路には湿《しめ》ったアスファルトの匂《にお》いがむわりと立ちこめている。街を覆う網《あみ》のように張り巡らされた電線からは、ぽつんぽつんと雫《しずく》が滴《したた》り、黒い水たまりに波紋《はもん》が広がっていた。

やがて河原に着くと、俺たちは濡れた雑草を靴《くつ》で踏《ふ》みしめながら、少しだけ川に近づいた。そこには二人が尻《しり》を並べて座れるサイズの平らな岩がある。水の溜《た》まった窪《くぼ》みを避《よ》けながら、俺たちは隣同士《となりどうし》にその岩に腰《こし》かけた。

それから俺たちは黙《だま》って川を眺めた。梅雨のしとしと雨で少し水が増えた川は、それでもさよさよと穏《おだ》やかに流れている。絶えず聞こえる川の音、青くさい草の匂い、たまに鳴きだすアマガエルの声。ここでじっと座っていると、なんだか幼い頃に戻ったようで懐《なつ》かしい気分になってくる。

しばらく俺は自然に身を馴染《なじ》ませながら、ノスタルジックに浸《ひた》っていた。その間、彼女の方から何か口にする様子はなかった。

仕方なく俺の方から声をかけてみる。

「……で、どうしたんだ？」

「……やー、最近さ、正市との時間がなかったなと思ってさ」

「いやいや、そんなんいいから、何か悩んでるんじゃないのか？　友達のこととかか？」

「あははは。……やーね、人気者もめんどくさいなーと思っちゃってさ」

十色は前を向いたまま、ようやく溜めていたのであろう思いを話しだした。

「お前この頃忙《ごろいそが》しそうだもんな」

「うん。それもあるけどね、男女の恋だ愛だのごちゃごちゃに巻きこまれちゃったりさ」

「恋だ愛だのごちゃごちゃ？」

「そうそう、惚れた腫れたのわちゃわちゃだよ。もー、あたしゃ参っちまってさ。取り合いとか嫉妬《しっと》とか、なんであたしの好きな人に告白されてんだよ空気読め、とか。漫画の世界の話だと思ってたんだけどね。何？　高校生になったら急に青春したくなる病気でもあるの⁉　って感じでさ」

どうも俺の知らないうちに、十色の周りではいろいろなことが起こっていたようだ。ていうか告白された側なのに怒られるって、どんなもらい事故だよ……。

「今日の昼休みも、それで他のクラスの女子に文句言われてさ。うららちゃんたちが守ってくれてその場は落ち着いたけど、そもそもわたしはそんな話に興味ないっていうか、巻きこまないでほしいっていうか。最近友達と遊んでると男子が混ざってくることがよくあってね、一回一緒《いっしょ》に遊んだだけでもう仲よくなったとか思われてるのかな」

それで今日の昼休み、教室から女子が少なかったのか。女子同士の揉《も》めごとがどんなものかは想像がつかないが、かなり面倒《めんどう》そうなのは十色の表情からもわかる。十色自身はそんな浮《う》いた話に興味がないようなのでなおさらだろう。

「そんなことがあったのか……」

そう俺が呟《つぶや》くように言うと、「そうなんですよぉ、お兄さん……」と冗談めかした返事が戻ってくる。しかし、その力の抜けた声音《こわね》には疲れが混じっており、彼女の今できる精いっぱいの強がりだとわかる。

俺は十色にどんな声をかけてあげればいいか、何かしてやれることはないか考えていた。

しかしそんな俺の不意を衝《つ》いて、彼女は予想の斜《なな》め上空をいくセリフを口にした。

「……ねぇ、わたしたち幼馴染《おさななじみ》だし……もういっそつき合っちゃう？」

「…………は？」

一瞬《いっしゅん》、時が止まった。

今、なんて言った？　つき合う……？

「な、なんだよそれ」

「なんだよって、サプライズ。最初に言ってたじゃん、サプライズがあるって」

十色は立ち上がり、左手の人さし指をぴっと立てて見せてくる。

さ、サプライズって、そういう問題じゃないだろ。

これは告白なのか？　だ、だ、だとしたらなんて返事を……。初めてのことでどうすればいいか全くわからない。ていうか、いつから俺のことを？

「お、お、お、お前って俺のこと好きだったの？」

思いっきりどもってしまった。

「すっ、す、好き⁉　それはその……あのね、話を聞いて」

十色の方も焦《あせ》ったように顔を真っ赤にしていた。それから彼女は手でぱたぱたと頬をあおぎながら、必死に言葉を続ける。

「好きというかですね。わたしたち、放課後は結構一緒にいること多いじゃん？　休みの日もだいたい一緒だし」

「最近はちょっと減ってたけどな」

と俺が言うと、

「あらあら、正市くん、しゃみしかったの？」

十色が調子を取り戻しつつあるようなにやけ面でこちらを見てくる。うぜぇ……。

「寂《さび》しくなんてねぇよ。積みゲータワーが片づいて助かった。お前がやりたいって言ってたソフトのネタバレしてやろうか」

「何卒《なにとぞ》ご勘弁《かんべん》を……」

終わったやつまた貸してください、と十色がつけ足してくる。

「そ、それでですね！　どうせ一緒にいるんならもう、つき合ってることにしちゃえばいいんじゃないかなって。そうすれば、他の男子に恋愛《れんあい》対象として見られることもないだろし、男子の混ざった遊びに誘《さそ》われることだって減るはず」

「なるほど、そういうことか。でも、一緒にいるとつき合うはまた違《ちが》うと思うけど……」

「だからフリだよ、フリ。偽装《ぎそう》カップル大作戦。大丈夫《だいじょうぶ》、わたしたちは今まで通りだから。ちょっと周りを誤魔化《ごまか》すのにいろいろ一緒に行動しなきゃかもだけど」

なるほど。十色の提案の意図は理解した。恋だ愛だのトラブルに巻きこまれるくらいな

ら、先に自分から相手を作って周りに男子を寄せつけないようにしようというわけだ。

だけどなぁ。いくらフリにしても、つき合うっていうのはいろいろハードルが高い。今までそんな経験ないし、うまくやれる自信がないのだ。いや、こんなふうに重く考えるのは俺だけなのか？　だけど趣味《しゅみ》の時間が削《けず》られるのも、できれば避けたい。

俺が渋《しぶ》っていると、十色が身体を横に倒《たお》してこちらの顔を覗きこんでくる。

「ね、いいでしょ？　正市、どうせ好きな子とかいないんだし。わたしとつき合ってもデメリットはないでしょ？」

「待て、いないって決めつけるなよ」

「え、いるの？」

「……いや、いないけど。そんじゃあ逆にメリットはあるのか？」

「メリットはもちろん、可愛い女の子と合法でイチャイチャできる。リア充《じゅう》にようこそ」

「可愛い女の子って誰のことだ？　それに合法っていったい……」

「いやん♡」

「はいはい。可愛いかわいい」

「適当にあしらわれたっ⁉」

「何度も言うけど、俺は、リア充はリア充でもリアルでは充電型なんだよ」

つき合っているフリなんて始めると、今後学校でどんな目で見られるか。しかも相手は校内で人気（なぜか）の美少女だ。十色を狙っていた男子たちの反感を買ってしまう可能性もある。俺はただこれからも穏やかなオタクライフを満喫《まんきつ》していたいだけなのだ。

やはり断った方がよさそうだ。そう思い俺が続けて口を動かそうとしたときだった。

「ふふふふふ。まぁ、渋られるのは正直想定済みなのだよ。でも、これならどうだ？」

十色が不敵に口角を上げてにやりと俺を見た。

「な、なんだ？」

気づかぬうちに弱みでも握《にぎ》られていたのだろうか。俺は怖々《こわごわ》と訊ねる。すると十色が口の中でぼそぼそと何やら唱え始めた。

「月末……カードショップ……抽選」

そのぶつ切りの単語は、俺にとっては心当たりがありすぎた。

「調べてたのか？」

「もちろん。何年正市の幼馴染やってると思ってるの」

十色が口にしたのは、月末に俺が挑《いど》もうとしているカードのＢＯＸの抽選の話だった。

今、ここでその話題を出すということは……。

「正市がいつも集めてるカードの、限定ＢＯＸ。販売方法は正市の馴染みのお店に電話で確認《かくにん》した。月末、わたしも一緒に並んであげよっか？」

ぐっ……と俺は言葉を詰《つ》まらせる。それはとんでもなく魅力的《みりょくてき》な申し出だった。

十色はオタクではあるが、トレーディングカードには興味がない。だからこそよく、抽選や個数制限の際《さい》は一緒に買いに行って譲《ゆず》ってもらえないかと交渉《こうしょう》するのだが、答えはいつもダメだった。十色はとにかく朝が弱く、休日は午後になるまでは絶対に睡眠《すいみん》を優先しないと気が済まないタイプだったのだ。

「……朝、起きてくれるのか？」

「うん。一回だけね」

「……彼女なら、そういうところは彼氏《かれし》に協力してくれるんじゃないのか？」

「……うまいね。わかった。つき合ってる間は、正市のカード集めにもつき合ってあげる」

「言ったな？」

「言った。交渉成立ね。その代わり、正市もしっかり役目を果たすこと」

十色が無邪気《むじゃき》な子供のように、にっと笑顔《えがお》を作る。

対して俺も、内心で大きくガッツポーズをしていた。これで、抽選が当たる可能性が高くなる。それにもしも二人共当たるなんてことがあったら、一BOXは開けずに取っておくなんて選択《せんたく》もありかもしれない。考えるだけでコレクター魂《だましい》が疼《うず》いてくる。

その代償《だいしょう》として、面倒事も抱《かか》えてしまったが……。

しかしどの道、俺は十色に協力しなければと考えていたのだ。幼い頃からのつき合いだが、彼女はあまりこういう悩みを誰かに吐露《とろ》する性格ではない。溜めこんでためこんで、ようやく折を見て俺に相談してきたのだろう。それを決して無下にするわけにはいかない。

それにそもそも、本当に十色が困っているのなら、問答無用で力を貸してやりたいと思うのだ。まぁ、俺なんかが力になれることがあるかはわからないけど……。

「にしても、カップルか……。うまくやれるか？」

少し不安になって、俺は訊ねる。

「わたしたちそこらの恋人《こいびと》たちより絶対一緒にいる時間長いし、大丈夫だよ！」

十色は風になびく髪《かみ》を耳にかけ、ぐっと親指を立てて見せてきた。その顔が、若干《じゃっかん》赤く染まっている。気づけば薄《うす》い雲を透《す》かした夕陽《ゆうひ》が、街を優《やさ》しく照らしていた。

こうしてこの日から、俺は幼馴染だった彼女と仮初《かりそめ》のカップルになったのだった。

カップルという関係がいったいどういうものか、想像すらせずに――。

☆

あー、やっちゃった、やっちゃったぁ……。

わたし、来海《くるみ》十色は自室のベッドの上で枕《まくら》に顔を押《お》しつけながらごろごろと身もだえしていた。

やってしまった。夕方のあれはなんだ。『もういっそつき合っちゃう？』なんて。なんであんな恥《は》ずかしいことを言ってしまったんだ。思い出すだけで発火しそうなほど顔が熱くなる。簡単に事情を話して、恋人のフリをしてほしいとお願いするだけでよかったのに。

夜、正市と別れて家に帰り、晩ご飯を食べてシャワーをあびた。それからベッドに寝転《ねころ》んだところで——急に恥ずかしさが押し寄せてきたのだ。

「ま、まぁ、結果はオーライだし？　オーライオーライ。切り替《か》えてこー。こー……」

一人で空元気を演じてみるも、やはり中々吹《ふ》っ切《き》れない。

ただ、作戦自体はうまくいき、そこはひとまず安心だ。

——これで明日から、また正市とすごせる。

恋だ愛だのトラブルなんて正市には言ったけど、本当の理由は違った。

最近、正市と部屋でダラダラすごす時間が減っていた。わたしの方が、高校に入って友達が増え、毎日遊びに誘われるようになったからなんだけど……。女友達と遊ぶのも楽しいけど、本当はもっと、彼と一緒にのんびりオタク活動をする時間を大事にしたかった。

というか、そんな二人の時間が好きだったのだ。

カップルということにすれば、必然的に一緒にいる時間は増える。彼氏といるからと、友達の誘いを堂々と断る理由にもなる。

いい方法だと思った。知らない男子から告白されたり、それについて関《かか》わりのない女子に突っかかってこられたりしているのも本当で、それを理由に頼《たの》めばいい。正市が優しく、わたしのお願いにちょっと弱いのも知っている。そこを利用することに罪悪感はあったが、彼の趣味への協力もするし、一緒にオタク活動をするためなのだから許してくれるだろう。

そこまで計算しての、あの『つき合っちゃう？』発言だったのだが……。

「あ〜、はずい〜」

改めて考えると、勢いで、すごく大胆《だいたん》なことをしてしまった。

恋愛感情はないが、相手はとても大事な幼馴染だ。

正市とカップルか……。まぁ、フリなんだけど。これからいったいどうなるんだろう。

最終的に仰向《あおむ》けになり天井《てんじょう》をぼんやり見上げながら、純粋《じゅんすい》に楽しめればいいなとわたしは思っていた。

俺と十色《といろ》は話し合い、学校や通学路など人前ではカップルのフリをする恋人ムーブ、誰にも見られていない家なんかではいつもの二人である幼馴染ムーブをしていくと決めた。

協力して演技をしているとバレないよう、俺たちが幼馴染であることは伏《ふ》せておく。

十色はさっそく周りの友達に俺とつき合いだしたことを話し、カップルなり立てほやほやだからと断って、恋人ムーブで一緒に下校するように。そうして、十色は以前のように、放課後は俺の部屋にやってくるようになっていった。


「ねね、何か恋人ムーブしようよ」

二人で帰路を歩む道すがら、十色がそんなことを言いだした。

「すごいお誘いだな。恋人ムーブってそんな、せーので始めるものなのか？　ていうか、今もこうしてカップルのフリして一緒に帰ってるだろ」

俺は左隣《ひだりどなり》を歩く十色にそう返す。昔から、並んで歩く際は俺が右側で十色が左側だ。特に理由はないが自然とそう決まっており、これがしっくりくるポジションになっている。

「一緒に帰ってるだけじゃ普通《ふつう》じゃん？　ラブラブ感を出すためには、もっと別のカップルっぽいことやってかないと」

「普通かねぇ……」

まぁ確かに、並んでいるだけでは今までと変わりない、かもしれない。

「でも、カップル感出せる別のことって？」

俺がそう訊ねると、十色は立ち止まり、事前に考えていたのかすぐに鞄《かばん》からあるものを取り出した。

「……イヤホンか？」

「そうです。なんの変哲《へんてつ》もないイヤホンです」

十色がいつも使っている、白いコードのイヤホンだ。それを指先でつまんで振ってみせながら、十色が言う。

「これを、シェアして使いましょう」

「シェア？　一つのイヤホンを二人で使うってことか？　たまにやるよな……」

部屋で俺がゲームをしているとき、十色がゲーム音の邪魔《じゃま》をしないようにイヤホンで音楽を聴《き》きながら漫画を読むというシチュエーションが幾度《いくど》となくあった。その中で、気になる曲があったときなんか、「これ聞いて」と耳にイヤホンを突っこまれたりしていたのだ。

「確かに、わたしたちは普通にやっちゃってたんだけど……。雑誌情報じゃ、これが恋人っぽい行為《こうい》らしいよ！」

「へぇ、そうなのか。……じゃあまぁ、やってみるか？」

俺が了承《りょうしょう》すると、十色が「よしきた！」とイヤホンの片方を渡《わた》してくる。プラグが繋《つな》がっているのは、十色のスマホだ。ワイヤレス製じゃないからなせる業《わざ》だなと思いつつ、俺は受け取ったイヤホンに書かれている左右を示すアルファベットを確認する。

『R』と書かれているので、右だ。

俺が右耳にイヤホンをつけると、今期覇《は》権《けん》と言われているアニメの主題歌が流れてきた。オーケストラふうの優美な曲調が、どんどんアップテンポになる展開で、サビに入る瞬間《しゅんかん》、何度聞いていてもぞわりと鳥肌《とりはだ》が立つと話題になっているOPだ。

俺たちはしばし足を止め、そのメロディに耳を傾《かたむ》ける。

——だが。

サビがくるずっと前からすでに、俺は左腕《ひだりうで》の方に妙《みょう》にそわそわとした感覚を覚えていた。

……近い。

肘《ひじ》が、隣の十色につんつんと当たっている。服の奥《おく》から彼女《かのじょ》の柔《やわ》らかさが伝わってくるほどだ。無意識に肘の先に感覚を集中させてしまっていたのに気づき、慌《あわ》てて腕《うで》を引く。

「ん？」と首を傾《かし》げて、左耳にイヤホンをつけた十色がこちらを見てきた。

な、何をやってるんだ、俺は……。腕のそわそわが伝わってきたかのように、今度は胸がどくどくと弾《はず》みだす。

これが恋人っぽい行為。世のカップルたちの距離《きょり》感ということか？

……待て、おかしいだろ。

「なぁ、イヤホン、二人の間にある耳同士でつけた方がいいだろ。俺が左で十色が右だ」

冷静に考えてみればすぐに気づくことだった。十色の右隣に立つ俺が右側にイヤホンをつけようとすると、コードを首の下に通して離《はな》れた耳につけることになってしまう。

間違いなく、俺が左のイヤホンを使い、十色が右側をつけるべきだ。そうすれば、もっと余裕《よゆう》を持って音楽を楽しむことができる。

そう思ったのだが――。

「ダメダメ。こうするのが一番、二人の距離が近づいていいって雑誌に書いてあったの。Rのやつを左耳につけるのもダメだからね」

どうも意味があってあえてこちらを渡してきていたらしい。おのれ雑誌め……。

俺は仕方なく右耳にイヤホンを装着する。するとやはりコードがぴんと張り、彼女になるべく顔を寄せなければならなくなった。振り向けば吐息《といき》が当たってしまう距離感だ。

ちらりと横目で窺《うかが》うと、彼女はくるんと長い睫毛《まつげ》を伏せ、音楽を聴いているようだった。目が閉じているのをいいことに、俺はその横顔をまじまじと眺《なが》めてしまう。

……いやいや、だから何をやってるんだ、俺は。

十色相手に何をそわそわしたり、こんなに動揺《どうよう》したりしてしまっているのか。

イヤホンシェア自体は、決して初体験というわけではないのだ。

平常心平常心。

そう心中で唱えていたときだ。

『見て、あの二人、距離近くない？』

『あー、一緒のイヤホンつけてるんじゃん』

そんな通行人の女子たちの声が、イヤホンをつけていない左耳に入ってきた。まだ学校からそれほど離れておらず、辺りを見渡《みわた》せば同じ制服を着た生徒たちが多く見受けられる。

『いいねぇ、ラブラブだねぇ。あたしも彼氏ほしー』

続けて次の会話が風に乗って届き、俺は思わず十色と少し距離を取ってしまった。コードが引っ張られ、十色の耳からイヤホンが抜《ぬ》け落ちる。

「あれあれ、恥ずかしかったのかな？　ちょっと距離が空いてるよ？」

十色がにやにやしながら俺の方を見てきた。

「やっぱし初心《うぶ》な正市《まさいち》くんには、恋人ムーブなんて早かったかな？」

「べ、別にそういうわけじゃ」

イヤホンのシェアなんて、どうってことないはずなのに。今のは他人にその行動を指摘《してき》され、変に焦ってしまっただけだ。

「ほんとかなー？」

にんまり口角を上げ、こちらの顔を覗《のぞ》きこむ十色。前髪《まえがみ》が重力に従いさらさらと流れる。

「もちろん。ていうかこのつけ方をするにはコードが短いんだ。立ったままだから余計やりにくいし」

そう俺が言い訳を並べていると、十色がそれをかき消すようにぽんと手を打った。

「それじゃあ、これからゲームでもしよっか」

「……ゲーム？」

わけがわからず、俺は首を傾げる。

「そう。わたしたちは、誰にも偽装カップルだってバレたらダメなわけだ。だから、もしうまく恋人ムーブができたときは、何かご褒美《ほうび》をあげよう。わたしのためにやってもらってるわけだしね。そういうゲーム」

「……ほぉ、ご褒美って？」

「その時々に合わせた、いいものだよ」

うまく恋人のフリができたときは、とにかく何かもらえるらしい。

しかし、いい話には必ず裏がある。そもそもゲームと言っているくらいだ。

「じゃあ、失敗したときは？　何かあるんだろ、ペナルティが」

「そうだね。もし何か恋人ムーブの足を引っ張るようなことをした場合は、わたしの言うことを一つ聞いてもらう。大丈夫、無茶《むちゃ》なことは言わないから」

罰《ばつ》ゲームの方も、内容ははっきりとしない。無茶は言わないと言われても、いったい何をさせられるのか。そんな俺の不安な表情を見てか、十色がつけ足して言う。

「まぁ場合にはよるけど、お菓子《かし》買ってきてとか、簡単なパシリ程度のもんだよ」

「パシり……」

本当にシンプルな罰ゲームのようで若干安心した。だが、気をつけなければならないのは、十色のお菓子を食べる量が尋常《じんじょう》ではないことだ。一日俺の部屋で遊べば、空だったゴミ箱がお菓子のゴミだけでパンパンなんてこともざらである。買い物の荷物を運ぶだけで大変だが、もしそれを奢《おご》りとなると金銭的にも辛《つら》い。

「ま、嫌《いや》なら失敗しなければいいんだよ。あれ、それともちょっぴり自信がないのかな？

やっぱし正市くんには難易度が高すぎたか……」

「そんなことねぇって。恋人のフリくらい普通にできる」

追って十色に煽《あお》られ、俺はつい反応してしまった。俺が負《ま》けず嫌《ぎら》いだということは十色もよく知っている。うまくノせられている気がする……。

「じゃあその言葉を信じて、これからゲーム開始ね」

そう十色が宣言して、俺たち偽装カップルの間で謎《なぞ》のゲームが始まってしまった。

再び帰路を歩みだすと、十色がさっそく、

「ねね、まーくんまーくん、今日は帰って何しよっかー」

とんっと一歩前に出て振り返り、後ろ向きに歩きながら話しかけてくる。

「急になんだよ、まーくんって」

「つき合ってるんだし、ニックネームくらい普通でしょ。ほら、まーくんも呼んでみて」

ニックネーム？　そんなもの考えたことがなかった。小学生の頃は一時期、十色ちゃんと呼んでいたが、それは名前に敬称《けいしょう》をつけただけだ。それも中学生になってからはずっと、十色と呼び捨てになっていた。

俺は即興《そっきょう》で絞《しぼ》り出した呼び名をなんとか口にしようとする。

「と、と、といろん……」

なんだか妙にオタクがつけそうなニックネームになってしまった。

というかこれ、さっきのイヤホンよりもよっぽど恥ずかしい。呼び慣れていないのもあるが、男女でニックネームなんてカップル丸出しというか。通行人も結構いるし……。

それに「まーくん」「といろん」ってなんだ！　あからさまにラブラブ臭《しゅう》がやばい。齢《よわい》一五年彼女いない歴を重ねてきた俺には荷が重い。

しかし十色は――、

「んー？　恋人同士なのに恥ずかしがってるのかなー？　これは罰ゲーム案件かなー？」

そんなふうにさっそくこちらに仕掛《しか》けてきている。

「………まーくん！　ほら、といろん、言ってみて」

「と、といろん」

「声が小さいよ、まー…………まーくん！」

十色の奴《やつ》、いい笑顔してやがる。ていうか今は、恋人ムーブ成功のためにお互《たが》い協力し合っていくべきなんじゃないのか？

そんなことを考えつつも、俺は十色のとある習性に気がついていた。

「なぁ、この罰ゲームって、もちろん十色にも適用されるんだよな？　提案者が足を引っ張るわけにはいかないもんな」

「そ、そうだね。平等に。もしわたしが足を引っ張れば正市のパシりになってあげるよ」

「誰もパシるとは言ってないが……」

そう言いつつ、正市は周囲にちらと目を向ける。下校中の同学年の女子たちが自分たちの背後に近づいていた。そこで、正市は再び口を開く。

「やー、でもやっぱ、ニックネームで呼び合うのもいいもんだな。といろん」

恥《はじ》も外聞も捨て、心を無にしてしまえば、ニックネームもなんとか詰まらず口に出せる。

「う、うん。いいよねぇ」

対して十色は、そんな曖昧《あいまい》な返事をしてきた。

「お互い呼び合えば親密度が上がる気がするよな。なぁ、といろん」

「う、うん、そうだねぇ」

どこか十色の様子がおかしい。俺と会話しながらも周囲にこそこそ視線を巡らせている。

というか実は、少し前から十色の行動にはある特徴《とくちょう》があった。

周りに人がいるとき、彼女は決して「まーくん」と口にしないのだ。さっきもまーくんと言いかけ、自転車が通りがかったために言葉を呑《の》みこんだことがあった。今だって他の女子たちが後ろに近づいてきているため、ニックネームを呼ぶことは避けようとしている。

積極的に仕掛けてきていると見せかけて、彼女の方もきっとこの状況《じょうきょう》が恥ずかしいのだ。

「なんでまーくんって呼んでくれないんだよ」

俺は追い打ちをかけるように、十色の顔を見つめながら一歩その距離を詰めた。

「え、や、やや、別に？　だだだって……」

「だって？　周りに人がいるから恥ずかしがってるのか？　でもそれじゃあ、恋人ムーブが台無しだぞ？」

お、罰ゲームか？　と俺が首を傾げてつけ足すと、

「も、もう！　ま、まままま、まーくん！」

と顔を赤くしながら十色が言った。声が変に裏返り、周囲の注目を集めてしまう。

お、おおう。なんかこっちまで恥ずかしいぞ。

「ま、正市！」

十色が急いで叫《さけ》ぶように言った。少し呼吸を整え、

「停戦協定だ」

そう静かに発する。俺もすぐに頷《うなず》き、その案に乗った。

今回は引き分け。お互い恋人ムーブの足を引っ張ったということで罰ゲームはなし。

今後に関しては、ゲームは続行するがお互いを陥《おとしい》れるようなことはなしにしようと、二人で協定を結ぶのだった。

〈4〉 伝説の裏技攻略法

恋人ムーブはまだぐだぐだ気味なところがあるが、周囲はどうも『あの』来海《くるみ》十色《といろ》とつき合いだした俺を、羨《うらや》ましがる流れにあるらしい。

『いいなぁ、あの来海さんとつき合えるなんて』
『あんな可愛《かわい》い女の子が隣《となり》にいる生活。憧《あこが》れる……』
『来海さん……。くそう、嘘《うそ》だ、嘘だと言ってくれ』
『ああ、オレたちの十色ちゃんが……』

なんだか羨ましがるというよりも、半数以上は深い絶望の底に落ちている気がするが……。最初は心なしか教室に入るだけで、周囲の視線が痛かった。

そこまで騒《さわ》ぐことなのか？　とも思うが、それだけ十色に人気があったということだろう。未《いま》だに少し信じられないが。

これらの噂話《うわさばなし》は直接聞いたのではなく、友達が多く情報通である猿賀谷《さるがや》に教えてもらった。彼自身も最初は、「この裏切者……ヤッたのか？」などと下世話なことを言っていたが、軽くいなしているとやがて、「お前はオタクの希望だ」と応援《おうえん》してくれるようになった。

風の噂という言葉があるが、現代の噂話は電波に乗って風よりも速い。十色と俺がつき合っているという話は、計画通りどんどん浸透《しんとう》していっているようだった。

ただし想定外のこともある。

その噂は校内だけに留《とど》まらず、予期せぬところにも広がっていた——。

「よぉ、お前らつき合ってるんだって？」

そう声をかけてきたのは、俺の姉の星里奈《せりな》だった。

放課後、部屋で十色と二人幼馴染ムーブ中。ベッドに座《すわ》ってコントローラーを握り、扇《せん》風機《ぷうき》の風の角度を賭《か》けながらイカ墨《すみ》を撃《う》ち合っていたときだ。

「おい、勝手にドア開けるなよ」

バトル中で画面から目を離せないまま、俺はゲーム音に負けないよう叫ぶように言う。

「いや、弟が人生初めて彼女をつれてきたっていうから。差し入れ持ってきたんじゃん」

「あぁ？　彼女？　——あ、や、そう、そうだけど……」

そういえば十色とはカップル（仮）になったんだった。ゲームで盛り上がるうちに完全に幼馴染感覚に戻《もど》ってしまっていた。危ないあぶない。

「て、ていうか！　なんでお前がそれを知ってんだよ！」

やむを得ずコントローラーのスタートボタンを押してゲームを中断し、俺は星里奈の方に顔を向けた。

「あ、プリンだ！」

俺の横で十色が小さな歓声《かんせい》を上げる。その声に応じて、上下スウェット姿の星里奈が手に提《さ》げていたビニール袋《ぶくろ》を掲《かか》げてみせた。確かにプリンのパッケージが透けて見える。

「これ近くのコンビニの新作、めちゃくちゃおいしいから！　とろちゃんも食べてみて？」

「わーい、ありがとうせーちゃん」

俺と十色がそうであるように、星里奈と十色も当然昔からのつき合いで、仲がいい。十色も星里奈のことをお姉ちゃんと呼んで懐《なつ》いていた。今は「とろちゃん」「せーちゃん」と呼び合う仲だ。

「ちょっと休憩《きゅうけい》にしようよ」

そう十色が俺の方を振《ふ》り返り、

「ほら、お前の分もあるから」

星里奈がプリンをこちらに差し出してきて、俺は渋々《しぶしぶ》コントローラーをベッドに置いた。

受け取ったプリンをさっそく開けて、スプーンで口に運ぶ。……うん、甘《あま》い。

「おいひ～」

十色は足をぱたぱたさせて喜んでいた。それを見て、微笑《ほほえ》ましそうに頬を緩《ゆる》める星里奈。

その表情を、俺の方にも向けてくる。

「正市《まさいち》は？　おいしい？」

「ああ、まぁ……」

「そうか、よかったぁ！　……で、ホントにつき合ってんの？」

その目は打って変わって、「お前、食ったよな」と言わんばかりに眇《すが》められていた。

「べ、別に隠《かく》してもねぇよ。つき合ってる。つい最近からだけどな」

「マジ？　ホントなんだ……」

星里奈は呆気《あっけ》に取られたような半開きの口で、ぼんやりと俺と十色を見比べる。どこか半信半疑だったのが、俺の口から聞いてようやく確信できたような反応だった。

それからやっと目の焦点《しょうてん》を十色へ合わせ、口を動かす。

「え、なんで？」

なんでって、なんだよ……。その言葉には十色もきょとんとしてしまっている。

「なんでこのパッとしない男を選んだの？　容姿も特に褒《ほ》めるところのない、性格もなんかじめじめしてる庭の隅《すみ》の苔《こけ》みたいな男を。絶対なんかわけありでしょ」

「なんでって、そういう意味か！　実の弟によくそんなひどいこと言えるな」

「弟だからこそだよ。姉のあたしが情けない。完全に監督《かんとく》不行き届きだわ。せっかくとろちゃんにもらってもらえるなら、もっと完璧《かんぺき》な男に仕上げといたのに」

ごめん、と十色に手を合わせる星里奈。十色は苦笑いしつつ「いえいえ」と手を振る。

確かに、十色なら俺なんかより断然イケメンで明るく人気の男だってオトせるだろう。悲しいかなそれくらい俺でもわかっている。姉の言う通り俺たちは『わけあり』の関係だ。

「大丈夫だよせーちゃん。わたし、正市とすごす時間が大好きで。一緒《いっしょ》にいると落ち着けるし、つき合えて嬉《うれ》しいから。これからもよろしく、お姉さん」

十色が気を利《き》かせて、そんなことを言ってくれる。

「ほおぉぉ。可愛いこと言ってくれるじゃん、とろちゃん。よろしくお願いされちゃったら、お姉さん全力でサポートしちゃうよ？　いらないこと言う奴はぶっ飛ばしておくから」

「いらないこと言う奴？　ていうか、なんでお前が俺と十色がつき合いだしたこと知ってたんだよ」

「ん？　いや、あんたら街で噂になってるよ？　あの名北中《めいほく》のキセキと呼ばれてたとろちゃんに、高校で彼氏ができたって。でも隣にいるのは死んだ魚のような目をした冴《さ》えない男で、何か騙《だま》されてつき合ってるんじゃないかって」

おい、誰《だれ》だよ、その冴えない男ってのは。俺の彼女（仮）の隣に居座《いすわ》ってるだって？

……うん、多分それ俺ですね。十色のそばにいる男なんて、今は俺以外考えられない。

あまりの言われように、少し現実逃避《とうひ》をしてしまった。

「わたし騙されてなんかないですよ！」

「うん、とろちゃん。今度そういうこと言う奴がいたらしっかり正しとく。あんなパッとしない男にとろちゃんが騙されるわけないだろって」

「おい」

いくら姉弟《きょうだい》でもその扱《あつか》いはひどいと思います。俺がツッコむと、十色がくすくすと笑う。

それでその場は和《なご》んだが、本来ならば姉弟喧嘩《げんか》にもつれこむ事案だ。

にしても、十色の奴、どこまで有名人なんだ。校内に留まらず、街——姉のテリトリーの方にまで噂が流れているなんて。それに、名北中のキセキなんて通り名まであったとは、さすがとしか言いようがない。

「よろしくお願いします、せーちゃん。わたしたち、ちゃんとおつき合いしてるから」

そう十色がぺこっと頭を下げてお願いする。

偽装《ぎそう》カップルであるからこそ余計、変な噂が広まるのは困るだろう。俺も十色に倣《なら》い軽く会釈《えしゃく》をした。

「はいはい、了解《りょうかい》。そこんとこはお姉さんに任せときな。でもいいなぁ、カップルかぁ。あたし前に彼氏いたのいつだっけなぁ」

星里奈が人差し指を顎《あご》に当て、過去を思い出すように視線を斜《なな》め上に向ける。

姉の恋愛《れんあい》事情になんて興味がない。俺はゲームを再開したく、早く出ていってくれと言おうとしたが、

「高校生の頃は？　せーちゃんも名北《めいほく》だよね」

そう十色が話を拾ってしまった。

「ああ、確かいたなぁ。でも別の高校の先輩《せんぱい》だったから学校での思い出とかは全然ないよ。ほら、名北高校の定番、桜の木の伝説とかさ。そういう甘酸《あまず》っぱい青春したかったなぁ」

「桜の木の伝説？」

俺は訊《き》き返す。

「あれ、知らないの？　高校に伝わる七不思議というか。カップルならみんなやってんじゃん」

何か不思議な言い伝えでもあるのだろうか。しかし隣の十色も小さく眉《まゆ》を寄せて首を傾

げている。

「あれー、知らないの？」

「何年前の話だよ。もうとっくに廃《すた》れたんじゃねぇか？」

俺はともかく、そういう話が好きそうな女子連中と共にすごしている十色が知らないのだ。その伝説とやらはおそらく、もう誰にも話されず消えてしまったのだろう。

「えー、マジかぁ……」

そう語尾《ごび》を落として言う星里奈。そこへ十色が口を挟《はさ》む。

「何年前って言うけどさ、せーちゃん今何歳《なんさい》だったっけ。まだ大学生だよね。そんなに卒業して時間経《た》ってないんじゃ」

その言葉が吐《は》かれた瞬間、星里奈がぴしっと固まった。

「あ、や、あ……」

どうやら自分ではうまく説明できないようだ。代わりに俺が口を開く。

「高校を卒業したのはもう、七年前になるのか？　本来なら三年前には大学を卒業して、とっくに就職なんかして家を出ていっててもいい頃なのにな。留年留年で……」

十色が「あ……」と、慌てて自分の口を両手で押さえる。触《ふ》れてはいけないところに触れてしまったというような。その仕草にぴしぴしっと、星里奈の石化がさらに加速した。

「だらけた性格だからな。卒業しようと頑張《がんば》るんだが、課題の提出が間に合わなかったりテストで合格点を取れなかったり。毎年二月くらいになると、母さんに謝《あやま》る姉の姿が俺の家での風物詩だな」

先程《さきほど》散々言われた仕返しとばかりに、俺は姉の暴露《ばくろ》をしてやる。

「や、やめ、やめろ……。正市。その話は心にくる……」

両親に迷惑《めいわく》をかけているという罪悪感から、星里奈は大学関係の話に弱い。そこに元不良の面影《おもかげ》は一切《いっさい》なかった。今年はなんとか自分でバイトをして学費を払《はら》おうと頑張っているらしいが、その時間を勉強に充《あ》ててくれと両親からは言われているようだ。

この部屋に入ってきたときは威勢《いせい》のよかった星里奈、二五歳《さい》大学四回生だが、今ではすっかり身を縮めて小さくなってしまっていた。結局何をしにきたのか。

まぁ、その桜の木の伝説が本当にあったとしてもなかったとしても、仮初の関係である俺たちにはどちらでもよい話だが、と俺はぼんやり考えていた。

☆

桜の木の伝説が本当だとしても嘘だとしても、まぁ偽物《にせもの》の俺たちには関係のない話だ。

——なんて、正市は考えてるんじゃないだろうか。

せーちゃんから話を聞いた翌日、わたしはクラスの友達何人かにその噂を知っているか聞いてみた。すると上級生に知り合いのいる子で、伝説について知っている人がいた。

学校の裏門のそば、校舎裏に回る曲がり角の奥に植わっている大きな桜の木。

その木の下で恋人《こいびと》と愛を語らうと、その二人は将来ずっとうまくいくという。

それが、名北高校に伝わる『桜の木の伝説』。

せーちゃんの言ってたことは本当だった。というかよくよく考えれば、入学したばかりのわたしたちが知らないのは当たり前なのだ。なのに永遠の大学生という弱点を突《つ》いてしまい……、ごめんなさいと心の中でせーちゃんに謝る。

そして、その伝説が本当にあると知ったとき——。

わたしは、正市とやってみたくなった。

生まれてから続いていた彼氏《かれし》いない歴の更新《こうしん》を、最近仮初《かりそめ》の彼氏でストップさせたわたしだけど、恋愛自体には人並みに興味がある。

真のカップルたちが、どんなことをしているのか。せっかくパートナーができた今、ぜひ試《ため》してみたいと思ったのだ。

本物に近づくという意味でも、やっておくべきだろう。

しかし、恋人たちの伝説に誘《さそ》って、正市はどんな反応をするだろうか。驚《おどろ》かれるだろうか。めんどくさがられるだろうか。

少し心配しつつも、わたしは昼休み、正市の席を訪ねた。

「――てことで、今日、行っときますか」

桜の木の伝説の概要《がいよう》を説明したあと、わたしは親指を立て、くいっと裏門の方角を指してみせた。

正市は目をぱちぱちさせ、「え、行くの？」というような反応だ。

本物の恋人同士ならきっと、「あ、あのね、今日、行きたいところがあるんだけど」「いいよ、どこ？」「え、えとね、校内にある桜の木、なんだけど……」「え、それってあの恋人たちの伝説の……」「……うん」なんて甘酸っぱいやり取りがあるのかもしれない。

わたしもそんな可愛げのある誘い方ができればよかったが――ちょっとは挑戦《ちょうせん》してみようかと思ったのだが恥《は》ずかしさに負けて、サラリーマンが同僚《どうりょう》と飲みに行くようなノリで誘ってしまった。

「こういうカップルらしいイベントはこなしとかないとね！　友達とかに急に『彼氏とあれやったの？』なんて訊かれたとき困っちゃうし」

正市の返事よりも先に、わたしは言葉を継《つ》いだ。正市に、あっさり断られてしまうのが怖《こわ》かったのだ。彼にとっては面倒《めんどう》なことにつき合わせようとしているのは自覚しており、わたしは恐るおそる彼の表情を窺ってしまう。

「……なるほどな。そういうことなら、行くか」

果たして正市は、わたしの説明に文句をつけるわけでもなく、納得《なっとく》し、了承してくれた。

「あ、ありがと！　それじゃあ放課後――」

――やっぱし、優しんだよなぁ、正市は。

わたしは目を細めて彼の顔を眺める。前髪が鬱陶《うっとう》しく伸《の》び気味《ぎみ》だが、その下で目じりが下がった穏《おだ》やかそうなたれ目がこちらを見ている。

仮初のカップルを頼《たの》んだときも、恋人ムーブのゲームを申しこんだときも、実は内心ではめちゃくちゃ緊張《きんちょう》していた。

相手は正市――仲のいい幼馴染《おさななじみ》なのに。……いや、仲のいい幼馴染だからか。

彼とカップルらしいことをするなんて想像したこともなかったし、どんな雰囲気《ふんいき》になるか見当もつかない。それが楽しみでもあるが、不安でもある。もし正市に拒絶《きょぜつ》されてしまったら？　たとえそれが仮の関係だとしても、幼馴染のことを恋人のようには扱えないと言われてしまったら？

いつそんな言葉が飛んでくるか、内心ではずっと冷やひやしていたのだ。

それを誤魔化《ごまか》そうと、テンションで取り繕《つくろ》い、敢《あ》えてそんなこと気にしていないふうに正市にお願いをぶつけてきた。多少わがままな無茶《むちゃ》振《ぶ》りっぽく思われてたかもだけど……。

ただそんなことは杞憂《きゆう》だったのかもしれない。

わたしは嬉しくなりながら放課後待ち合わせの約束をし、手を振って正市の席を離れた。

夕方、わたしたちは裏門近くの桜の木のそばまでやってきていた。

「……ねぇ正市、あれのことだよね」

「ああ、多分……」

伝説、というくらいなので立派に広がる幹や、なぜか季節外れに咲《さ》く花なんかを勝手に想像していたのだが（どっかのアニメか）、目の前にあるのはなんの変哲もない一般的《いっぱんてき》なサイズの桜の木だった。

「この周り、桜の木はあの一本だけだな」

正市がきょろきょろと辺りを確認《かくにん》しながら教えてくれる。

「そっか、じゃああれだね……」

本当にあの木に伝説になり得るようなご利益《りやく》があるのだろうか。疑問だが、そもそもわたしたちは仮初のカップルなので、結果よりも重視すべきは二人でこの儀式《ぎしき》を行ったという過程の方だ。

ならばさっそくと思うのだが、しかしわたしたちは中々木へ近づけず立ち止まっていた。

通行人が多いのだ。

『えーっす、えすえす、えすえすおーえす！　えーっす、えすえす、えすえすおーえすっ！』

目の前を、ランニングをする野球部の団体が通りすぎていった。その前後にも、ぱらぱらと別の部活のユニフォームを着た練習が走っている。

その道は校内を一周するランニングコースになっており、部活が行われているこの時間、人の往来が途絶《とだ》えることがない。

また、桜の木の裏はフェンス一枚隔《へだ》てて校外となっており、下校中の生徒の目もある。木の下で男女が二人立っていると嫌でも目立ってしまうだろう。

ただ二人でいるだけなら、全然問題ないんだけど――。

その桜の木は、伝説のカップルスポットなのである。

これまで何度も登下校は共にしてはいたが、こうして確実に恋人同士に見られる場所に行くのは初めてで、ざわざわとした妙な感覚が下腹の辺りから湧《わ》いてくる。

「……次、あのサッカー部の人たちが通りすぎたら行こっか」

いつまでも立ち止まっているわけにはいかず、わたしはそう正市に告げる。正市が「ああ」と頷いてから約三〇秒後、サッカー部のユニフォームが視界をすぎたと同時に、わたしたちは足を踏《ふ》み出した。

きっと自意識過剰《かじょう》になっているんだろう。丁度周りに人はいないのに、どこかから誰かに見られているような気がしてしまう。桜の木の伝説を知っている人がどのくらいいるのかはわからないが、わたしと正市は今、端《はた》から見たら完全に恋人同士だ。

「あれ、正市、挙動不審《きょどうふしん》になってるよ？　あ、カップルとして見られるの緊張してるんだ。これは足引っ張り案件かな？」

自分がそわそわしているのを悟《さと》られないよう、先に正市にジャブを打っておく。

「ち、ちげーし。そもそも人に注目されるのに慣れてないだけだ」

本当にそうなのかな。ちょっとはこの状況にドキドキしたりしてないのかな。

そんなことを考えながら歩いていき、やがて木の下に辿《たど》り着く。

「よし、ここでいいかな」

「あ、ああ、そうだな」

「…………」

「…………」

えっと、なんだっけ？　次の工程を思い出すようにわたしたちは黙《だま》りこむ。ここまできただけでもう十分、一息ついて休みたい気分なんだけど……。

えーと確かこの次は……、愛を、語り合う?

そして今度は二人、同時に顔を見合わせた。

「桜の木の下で愛を語り合う、だったよね?」

わたしは確認するように訊《たず》ねた。

「そうだ。愛を語り合う……」

対して正市も困惑《こんわく》気味な声音《こわね》で返してくる。

二人して気づいてしまったのだ。ていうか、なぜその部分を先に考えてこなかったのか。

偽装カップルの自分たちが愛を語り合うとは、どんなことを喋《しゃべ》ればいいのだろう……。

「はい、先攻、正市のターン!」

わたしは正市が好きなカードゲームふうに言って、両手でぴっと彼を指した。

「えっ、俺《おれ》から?」

「そうそう、こういうのはルールブックに則《のっと》って彼氏から」

「学校の伝説にルールブックなんてあるの!?」

正市がしっかりツッコんでくれる。しかしその間にも、また通行人が増え始めている。

「ほら、とにかく愛を伝え合うっぽい感じで!」

あまり長引かせたくないと、わたしは正市を急かす。

「十色！　……す、す、すっ、簀巻《すま》き！」

「す、簀巻き⁉　好きじゃなくて⁉」

「ほら、そっちのターンだぞ！」

「えー！　えと、あ、あ、愛、I see tail.」

「急にネイティブ⁉」

果敢《かかん》に挑戦するも、二人してテンパりまくり。ぐだぐだだ。

どうしようとわたしが言葉を探していると、正市が意を決したように一度深呼吸をした。

「――好きだぞ。愛してる」

真っ直ぐにこちらの目を見て口を開いたかと思えば。

そんなどストレートな言葉が、わたしの鼓膜《こまく》を震《ふる》わせた。

どくん、と心臓が大きく弾《はず》み、全身にかすかな痺《しび》れが走った。今までに味わったことのないような感覚だ。

もちろん偽《いつわ》りの恋人ムーブだとはわかっているけれど。その言葉には、その場しのぎとは思えないような真っ直ぐな想《おも》いがこもっているような気がして――。

おおおお？　なんだこれ。正市のくせに……中々かっこいいじゃないか。

「――わっ、わたしも。好き」

彼の勢いに乗っかって、わたしもなんとか口に出せた。

ひゃー、恥ずかしい。顔、熱い。異性に好きなんて言ったの、生まれて初めてだ。

無事ミッションが達成でき、わたしたちはそそくさとその場を離《はな》れる。

あまり人のいない駐輪場《ちゆうりんじよう》の隅まで早足で移動して、ふうと息をついた。

いやぁ、それにしても意外だった。正市が、あんな男らしい一面を見せてくれるとは。

そう思いながらわたしが正市の顔に目を向けたときだった。

「やっぱりⅪ《イレブン》が最高かなぁ。全作品いいけど、新作が出る度に最高って思わされるのは進化し続けてる証拠《しようこ》だよな。そしてアレンジを繰《く》り返しつつも変わらないオープニング。聞くだけで気分はもう冒険者《ぼうけんしや》だね。――いやぁ、やっぱ好きだな、愛してる」

な、なんだいきなり⁉　急に正市が長々と語りだした。ナンバリング的にとあるRPGシリーズの話だろうが、いったい……。

「ど、どしたの？」

わたしが訊ねると、正市がにやりと笑ってみせてくる。

「この桜の木の伝説では、『愛』を語り合えばいいんだろ？　そのルールの中では、愛のベクトルがどちらに向いているかまでは言及《げんきゆう》されていない。だから俺は木の下で、大好きなスラクエに対する愛を述べたんだ」

「なっ――」

なんだって。

つまり、さっきの愛の告白はゲームに対する想いだったということ。やけに真摯《しんし》に感じられたのは、嘘偽《うそいつわ》りない本心をそのまま語っていたから――。

「これなら恥ずかしがらず堂々と言えるだろうと思ってな。……あれ、どうしたんだ？」

正市がそう問いかけてくる。が、今ちょっと自分がどんな顔をしているのかわからない。

わたしは彼に背を向け、リュックを置いている教室へと足を踏み出す。

「おい、なんか怒《おこ》ってないか？」

「怒ってない！」

そう叫びながらわたしはずんずん歩きだした。

痛み分けだと思っていたのに。騙された。

くそう、正市の奴……やっぱり全然かっこよくない！

十色《といろ》と仮初のカップルになり、わかったことが一つある。

自分に対する噂話というのは、どんな喧噪《けんそう》の中でもまるで直接話しかけられているかのように、すんなりと耳に入ってくるものらしい。

『来海《くるみ》と真園《まぞの》ってさ、なんでつき合ってるんだろ。何きっかけ？』

『想像つかねー。どうしてあの二人が？　って感じだよな』

『てかこの前、二人で帰ってるところ見たんだけど、手とか繋《つな》いでなかったなー。むしろ真園の歩くスピードが速くてちょっと距離《きょり》空いてたし。デートとかしてんのかな』

『それで言うと昨日の会話は逆に変だった。十色ちゃんから真園に、

「ねぇ、あの服ってそっちの部屋に置いてたっけ」

「あー、あったぞ。あの短パンだろ」

「そうそう。最近暑くなってきたからさ。今日それ着よっかな」

って。あの服、で通じ合えるなんて！　しかも彼氏の部屋にもう置き服？　ほんとにつき合い立てなのかな。なんか事情ありそう、あの二人』

今回の噂話たちは、猿賀谷《さるがや》に教えてもらったわけではない。

休み時間の教室の騒音《そうおん》の中でも、自分に関する話はなぜか耳にするりと入ってくる。特に噂をされるような話題性のある人物でもなかった俺にとってこれは初めての感覚だった。

まぁ、ここまで噂されるのも、そのお相手が校内でも屈指《くっし》の人気を誇《ほこ》る十色だからなのだが。俺は完全にビッグスキャンダルに巻きこまれた立場なのだ。

それにしても、周囲で変な勘繰《かんぐ》りが始まっているようである。もっと気を引き締《し》めてカップルっぽく振る舞《ま》う必要がありそうだ。幼馴染の距離感も疑惑《ぎわく》を生む可能性があるので、つき合いたてをもっと意識しなければ……。

俺が机に肘《ひじ》を突き、眉をひそめて考えていると、突然《とつぜん》背後からぽんと肩《かた》に手を置かれた。

「おうおう、正市《まさいち》くん。周りの言うことなんてあんま気にすんなよ」

振り返れば、猿賀谷が立っていた。猿賀谷は空いていた俺の横の席に腰《こし》を下ろし、長く鬱陶しい前髪《まえがみ》を、頭を振って分ける。

「結局はみんなお前さんに嫉妬《しっと》してんだよ。みんなのアイドルを彼女《かのじょ》にした幸せ税ってところかな。気にすんな」

「あ、ああ、ありがとう」

急に優《やさ》しい言葉をかけられ、俺は思わず礼を述べた。

「いやいや、いいってことよ。お前さんとオレは友達だろう」

「友達……なのか？」

「何を言ってる。友達だろう。はるか昔からアニメ談議に花を咲かせてきたソウルメイトじゃあないか」

「知り合ったの中学だろ。それに、友達になろうなんて一言も言ってなかったと思うが」

「正市、お前って奴《やつ》は……。友達に対する考え方が完全に友達のいない奴のそれだぞ……」

え……、そうなのか？

「学校で、好きな何かについて話して盛り上がれる相手が、友達じゃないわけないだろう。しかも一緒にアニメショップにも行った仲じゃあないか。これを友達と言わずなんと言う」

「そういうもん……なのか」

友達って、定義がはっきりしていないから難しい。連絡先《れんらくさき》を交換《こうかん》したら？　遊びに行ったら？　それじゃあ学校で話すだけの関係は？　ゲームの中で毎日チャットをする、顔も本名も知らない相手は？　言い出したらキリがなく、どう線引きすればいいかわからない。

「そういうもんなの！　オレたちは友達、ベストフレンド」

だからこうして、はっきりと言い切ってくれる猿賀谷のような存在が、俺みたいな奴には必要だったのかもしれない。

「ありがとう、猿賀谷。これからもよろしく」

「おう、よろしくな。ってことでさ、今度十色ちゃんとそのお友達でも誘って、どっか遊びに行かねぇか？　ランチとかでもいいし。十色ちゃんの周りって可愛い子が多いからなぁ。オレを紹介《しょうかい》してくれ。あ、もちろん友達の方は彼氏のいないスタイルいい子で」

「お前、俺を利用したいだけじゃねぇか！」

やっぱり友達じゃねぇ……。

「まぁまぁそう言わずにさぁ、正市くん。オレだって彼女はほしいわけさ。わかるだろ？　お前ばっかりいい思いしてズルいってもんだ」

「ちょっとでもこのエロ猿の話をまともに聞いた俺がバカだった」

友達っていったいなんだろう。またわからなくなった。

だいたいズルいと言われても、俺もやっかいな役目を任されて大変なんだ。まぁそれは口には出せないが。

俺が呆《あき》れて猿賀谷の顔を見ていると、猿賀谷が仕切り直すようにこほんと咳払《せきばら》いをする。

そして、今度は俺に語りかけるような口調で話しだす。

「聞いてくれ、正市。そもそもだ。女の子の紹介は置いといて、オレは十色ちゃんのことだって知りたいんだ。正市の彼女になった女の子だからな、ちゃあんとこの目で見極《みきわ》めておきたい。お前さんの彼女に相応《ふさわ》しい子かどうか」

「いや……」

「つき合ってるんだろ？　挨拶《あいさつ》くらいさせてくれよ」

そうダメ押《お》しのように言われ、俺は言葉に詰《つ》まってしまう。

いやいや、相手はあのエロ猿、十色とその友達を紹介すれば何をされるかわかったもんじゃない。そうすぐに思い直し断りの言葉を述べようとした、そのときだった。

「やあやあお二人さん。話は聞かせてもらったよ」

またしても背後から現れ、急に話に入ってくる者がいた。

「おお、十色ちゃん」

猿賀谷が歓声を上げる。見れば、そこには俺の彼女（仮）の十色が立っていた。なんでみんな背後を取りたがるの？　俺の背中ががら空きなのか？

そして、どうも少し離れながら俺たちの話を聞いていたらしい十色は、さらに予想もできないことを口にする。

「猿賀谷くん。その話、わたしもノッたよ！」

…………え？

その話って、十色と十色の女友達を紹介しろってやつか？　そうとしか考えられない。

「マジで？　そうこなくっちゃあ。よろしく頼んます、十色ちゃん」

諸手《もろて》を挙げて喜ぶ猿賀谷。対して俺は、十色の意図が読めずにしばし固まっていた。

…………え、ノッちゃうの？

＊

「実はさ、わたしもうららちゃんから、彼氏を紹介しろって何回も言われてたんだよね」

「俺を紹介？」

「そうそう。ただまぁ正市、喋ったこともない女の子と遊びに行くなんて絶対嫌《いや》な人じゃん？　だからやんわり断ってたんだけど、正市も友達に同じこと言われてたみたいだから。じゃあこの際《さい》、面倒事と面倒事はジョイントさせてこなしちゃおうってわけさ」

「なるほどな。ジョイントか」

「そう、ジョイント。またの名をドッキング大作戦だよ！」

言い方のところはどうでもいいが、十色の提案は理に適《かな》っている。俺もその作戦には賛成だ。女子二人に囲まれて遊びに行くよりは、猿賀谷がいてくれた方が断然気が楽である。

俺が了承《りょうしょう》したことから、ドッキング大作戦は決行へ。

ただし遊びに行くのは面倒だし、大切なお家《うち》時間が削《けず》られてしまうので、四人で昼休みに食堂でご飯を食べることにした。俺と十色がそれぞれ猿賀谷とうららに約束を取りつけ、次の日、食堂に集合することになったのだった。


俺と猿賀谷、女子二人が集まった食堂前。

「同じクラスだから自己紹介ってのも変だけど。正市の彼女やってます、来海十色です」

よろしくお願いしますと言って、十色は恭《うやうや》しく頭を下げた。

「もちのろんで存じ上げてるよ、十色ちゃん。オレの中学からの友達が世話になってます。うららちゃんも、今日はよろしく。てか、みんな同クラなんだし仲よくしようってもんだ！」

そう猿賀谷が笑顔《えがお》で女子二人に挨拶をする。さすがエロ猿というべきか、女子相手でも動じず堂々としている。感心しつつも、俺も慌《あわ》てて中曽根《なかそね》に挨拶をした。

「最近十色とつき合い始めました。……よろしく」

軽く会釈をしつつ、ちらりと前を見ると、中曽根がじっとこちらを見つめていた。

ストレートの金髪《きんぱつ》に目鼻立ちのくっきりとした、十色とはまた違《ちが》う美人系の顔つきだ。その切れ長の目を細め、視線を俺の頭のてっぺんからつま先へ。値踏《ねぶ》みされているかのような感覚である。

俺が完全に顔を上げる頃《ころ》には、中曽根の視線は緩まっていた。

「中曽根うらら。猿賀谷の言う通り、全員同じクラスなんだし仲よくがいいね。よろしく」

こうしてそれぞれの挨拶が終わり、俺たちは注文カウンターで料理を頼むことにした。

俺は日替《ひが》わり定食、十色は唐揚《からあ》げ定食を選び、四人掛《が》けの席に対面して座《すわ》る。あとから俺の横に猿賀谷、十色の横に中曽根がやってきて腰をかけた。

「そんじゃあ、いただきますかー」

猿賀谷のそんな仕切りのもと、俺たちは軽く手を合わせていただきますをする。

この場に猿賀谷がいてくれてよかった。男子が俺だけだと、何を喋ればいいかわからないからな。猿賀谷のコミュニケーション力のおかげで、場が円滑《えんかつ》に進んでいる気がする。

「いやー、女の子二人に囲まれて、いいですなぁ。それもクラスの美女グループの二人、幸せとはこのことかって感じですな。なんなら二対二じゃなくてもよかったのに。二対三、二対四、なんなら一対五」

「いや最後、真園がこなきゃ意味ないでしょ」

中曽根が冷静に指摘《してき》する。

「あちゃー、そりゃそうか。オレのハーレムプロジェクトが……。でも女子の人数が多くてもよかったんだぜ、うららちゃん。よく一緒にいる楓《かえで》ちゃんとかは？」

「楓はねぇ、お昼は決まった人がいるから。どっかで一緒にお弁当食べてるんじゃない？」

「え、決まった人って……彼氏？　マジかぁ。オレあのスタイル、狙《ねら》ってたのに」

「あんた、スタイルって身体《からだ》目当てじゃん……」

「ち、ち、ち、ち、ち、違うよ？」

「誤魔化しても遅《おそ》いし。てか、彼氏じゃないよ。なんか楓が一人、振《ふ》り回されてる感じ」

「こりゃまいった、そういう感じかぁ。ちなみにそのお相手って、もしかして二組の」

「あー、知ってんだ。まぁ、校内でも堂々としてるしね。そう、二組の春日部《かすかべ》なんだけど、どうにも――」

「くそう！　あの男が楓ちゃんの魅惑《みわく》ボディを独《ひと》り占《じ》めに……」

「…………」

……円滑、なのだろうか。

序盤《じょばん》から食い気味に下衆《げす》い話を続けている。中曽根が引いてるのが伝わってくるぞ……。

猿賀谷と中曽根が話すのを、十色は苦笑いで聞いている。こういう惚《ほ》れた腫《は》れたの話が苦手だと、以前十色本人が言っていた。

まぁ、なんだかんだ盛り上がってくれているし、俺が間に入って話を変えるのも変だ。とりあえずほっておいていいだろうと、俺は昼食を食べることにした。

今日は日替わり――ミックスフライ定食にした。初めにそのエビフライを一尾《び》、箸《はし》で挟んで正面の十色の皿に移す。すると代わりに、十色が唐揚げを一つ、俺の皿に運んでくれた。それから俺のサラダの小鉢《こばち》から、プチトマトを取っていく。

改めて心の中でいただきますと唱え、俺が十色のくれた唐揚げを食べかけたときだった。

「ちょちょちょちょ、正市、待てまて」

「十色⁉　何今の！」

「「ん？」」

急に猿賀谷と中曽根に待ったをかけられ、俺と十色は箸を止めた。

「ん？　じゃねぇし。何今の恐《おそ》ろしく速い流れるようなおかず交換」と猿賀谷。

「油断してたら見逃《みのが》しちゃうところだったわよ」と中曽根。

俺と十色は顔を見合わせた。

「別に、普通《ふつう》のおかずトレードだよ？」

そう言って、十色は首を傾《かし》げる。

「いや、それはそうだけど、打ち合わせもなく？」

猿賀谷がびっくりしたように言う。

中曽根はどこか探《さぐ》るような目を、俺と十色に向けてきた。

「なんていうかあんたたち……、長年つれ添《そ》った間柄《あいだがら》というか。つき合い始めにしちゃ息が合いすぎじゃない？」

二人の言葉に俺はハッとした。自分に今どんな疑惑がかけられているのか理解したのだ。

いつものように自然な流れで、好きなおかず、嫌《きら》いなおかず交換をしてしまっていた。相手の好き嫌いはもちろんわかっているし、幼い頃からやってきたので癖《くせ》になっている。

エビフライは十色の好物だ。基本的にエビフライが出てきたら、それが一尾でも俺は十色にあげることにしている。そうすると、いつも十色の方からお返しでおかずが一品戻《もど》ってくる。それが今回は唐揚げだった。また、プチトマトはあの種がぶちゅっと飛び出る感覚が苦手で俺は好んでは食べず、それを知っている十色が皿から勝手に取っていった。

そんなやり取りが、暗黙《あんもく》のうちに行われていた。

しかし客観的に見てみれば、それはつき合い始めのカップルらしくない。幼馴染の勝手知ったる感が出てしまっている。

——や、やばっ、油断してた！

──と、とにかく誤魔化そう！

俺たちは目で会話をし、それぞれ口を動かす。

「や、やー、エビフライが好きってこの前聞いてたから。せっかくだしあげよかなーって」

「うん、そう、大好物なのエビフライ。でももらいっぱなしは悪いからさ、唐揚げなら安定かなーって。あとわたしもプチトマト嫌いって聞いてたから、食べてあげようと思って」

そんな言い訳を並べる間も、横から箸を止めた二人の視線が顔にちくちくと突き刺《さ》さる。

「にしても、これいる？　とか食べていい？　とかあるでしょ」と中曽根。

「さっき注文するときにも話してたんだよ。『わたしもエビフライ食べたいなー』って」

「そうそう。『マジかー、サラダにプチトマト入ってやがるー』ってな」

俺たちが演じているのは、くっつきたてほやほやのカップルだ。なんとかそのイメージを崩《くず》さないようにしなければと、必死で取り繕う。

「そ、それよりさ、唐揚げって最強食だよね」

十色が話を逸《そ》らすべく唐揚げについて語り始めた。

「ご飯のメインにもなるし、おやつ、おつまみ、お弁当のおかずにも合っちゃう。食べ歩きなんかもできちゃうね。お家でも普通に作れるし、スーパーやコンビニ、お祭りの屋台でも買えちゃうにもかかわらず、立派な専門店もある。こんなシチュエーション網羅《もうら》した食べ物、他にある？」

「……ほんとだ！　言われてみれば！」

猿賀谷が驚き声をあげる。

少し考えて、俺も内心で驚いた。確かにすげぇな唐揚げ。ていうかなんだそのトリビアチックなネタは。

「それに、味のバリエーションも豊富なんだよ！　しょうゆ、チーズ、和風だし。わたしは苦手だけど辛《から》いのもあるよね。あとはレモン、のりしお……」

十色は得意になって話を続ける。

この豆知識には、中曽根も興味を奪《うば》われざるを得ないか。そう俺は安心しかけたのだが、

「いや、そんなことより、今日は十色と真園の話を聞く日でしょ」

と、話を引き戻されてしまった。

「十色から全然のろけとか聞かないし、ホントにつき合ってるの？　って思うときあるんだよねー。そこのところどうなの？　二人、カップルとしてほんとに仲いいの？」

ラーメンを食べていた中曽根は箸とレンゲを置き、真っ直ぐに俺の方を見据《みす》えてくる。

「仲いいよー！　最近放課後もしょっちゅう遊んでるの、知ってるでしょ？」

俺の代わりに十色が答える。

「そうね。その分かなりつき合いが悪くなったけど」

「ご、ごめん……」

十色が慌てて手を合わせると、中曽根はふふっと小さく笑《え》みをこぼした。

「それは全然いいけど。でも、やっぱりあんたと真園がつき合ってるのには違和感《いわかん》があるっていうか、怪《あや》しいっていうか……。てか、そもそもどんな出会いなの？」

「や、やー、恥ずかしいな。通学中、曲がり角でうっかり衝突《しょうとつ》しちゃうような、ありふれた出会いだよ。取り立てて話すことでもないかなぁ」

十色が「ねー」と首を傾《かたむ》け、俺を見てきた。俺は同意を示すようにこくこくと頷《うなず》く。

「話すこともない？　話せない、話したくない、じゃなくて？」

「何言ってるの、うららちゃん。そんな勘繰らなくても、わたしたちラブラブだよ？　ね、正市」

「あ、あ、ああ」

しばらく黙っていたせいで、痰《たん》が絡《から》んでうまく声が出ない。これが動揺《どうよう》だと取られなければいいが。

にしても、どうもかなり疑われているようだ。

教室で見ている限り、中曽根は十色と一番仲のいい友達だと思う。距離が近い分、小さな違和感も敏感《びんかん》に感じ取れたのかもしれない。

「はいはーい！　遊ぶってどこで？　やっぱり部屋？　十色ちゃんか正市の家？　男女二人、一つ屋根の下？　ひゅーっ！」

猿賀谷が何かを想像してはしゃいでいた。

「遊ぶのはだいたい俺の部屋か。十色の部屋は……、あんまり行かないな」

猿賀谷のテンションは無視しつつ、俺は冷静に答える。

昔は十色の部屋で遊ぶこともあったが、最近は専《もっぱ》ら俺の家と決まっていた。ここだけの話、十色の部屋はとにかく汚《きたな》い。めんどくさがりで掃除《そうじ》や整理《せいり》整頓《せいとん》をしないため、床《ゆか》は物が散乱し、十色が通る部分だけフローリングの板が見えるような状態。この前ひさしぶりに覗《のぞ》いたとき、人の住む部屋なのに獣道《けものみち》ができていて驚《おどろ》いた。

……まぁ、本人はその住みかが居心地《いごこち》いいらしいので、俺もとやかくは言わないが。

「えー、十色ちゃん家《ち》、行ってみたいなー」

猿賀谷がどこか期待をこめたような目でそんなことを言った。

呑気《のんき》なこと言ってると部屋の中で遭難《そうなん》するぞ――、という言葉を俺が我慢《がまん》していたとき、

「ラブラブ、ねぇ。じゃあ、二人にその証拠を見せてもらおうかな」

中曽根が再びそんなことを口にする。

「え、証拠?」

十色が首を傾げると、中曽根は大きく頷いた。

「今からウチが二人に質問をします。ラブラブのカップルなら、お互《たが》いのことよく知ってるはずじゃん? たっぷり出題して、その解答で判断します」

何やらカップル認定試験的なものが始まろうとしていた。「何それ楽しそう」と、猿賀谷もノリノリだ。

ちゃんと俺が十色とつき合っているか見極める――。

「し、質問かぁ……」

十色が横目で俺の方を窺《うかが》ってくる。俺と十色がラブラブだという証拠に成り得るような質問、いったいどんな内容か想像がつかない。

――ま、正市、頼《たの》むよ?

――や、無茶《むちゃ》だろ。と、とにかくボロは出さないように……。

またしても俺たちが目で会話をしていると、

「何躊躇《ためら》ってんのよ。とりあえず受けてみなって。ほら、言うじゃん、二階から目薬って」

と、中曽根がさらに挑発《ちょうはつ》してくる。

……ん? 二階から目薬?

何が言いたいのだろうか。見れば、十色も猿賀谷も不思議そうな表情をしている。

「うららちゃん？　二階から目薬って……意味わかってる？」と、十色。

「え？　チャレンジ精神？」

「……もどかしいとか、めんどくさい割に意味がないとか……」と、俺。

「あ、あー。まぁ一緒《いっしょ》じゃん」

そうかー、一緒なのかー（一緒ではない）。

中曽根が気まずそうに目を横に逸らす。このギャル、アホの子なのだろうか。

「と、とにかく、あんたらに拒否権《きよひけん》はないの。逃《に》げたらそれだけ怪しいってことだからね」

なんとか開き直り、中曽根が俺たちに挑戦的《ちょうせんてき》な視線を向けてくる。

彼女が十色に俺を紹介しろと言っていたのは、どうもこのためらしかった。であれば、
このクイズタイムを避《さ》けるのは難しいだろう。俺も気合いを入れて挑《いど》まなければ。ここで
さらに余計な疑惑を生むわけにはいかない。

正面に座る十色も同じ思いのようで、俺たちは目配せをし合った。

にしても、たっぷり出題って……ラーメン伸《の》びるよ？

＊

「そしたらまず手始めに。お互いの誕生日は？」

カップル認定試験は静かに幕を開けた。

「十色は九月九日だな」

「五月一日だね。正市の『正』は『五』の画数、『市』は一日の『いち』でできてるからね」

さすがにそれぞれの誕生日くらいは知っている。二人共即答《そくとう》だった。

ただし十色さん？　その俺の名前の由来みたいなのは全くのでたらめだ。そんな適当に名づけられてたらちょっと悲しい。ていうか、そんなふうにして俺の誕生日覚えてたの？

「なるほど。十色の誕生日は合ってんね。じゃあ次は……お互いの血液型はどう？」

「O型だな」

「A型だね」

「……うん。十色はウチと同じO型だから、正解だね。それじゃあ今度は――」

そこから数問、お互いの好きな食べ物や家族構成など、当たり障《さわ》りのないような質問が続いた。質問の回答からラブラブ具合を判断するのかと思いきや、完全に正解不正解を見るクイズ形式である。

その様子がおかしくなってきたのは、八つめの質問のときだ。

「夜眠《ねむ》るとき、お互いどちらを向いて寝《ね》ている？」

「いや、急にマニアックな質問だな」

俺は思わず突《つ》っこんでしまった。

十色もうんうんと頷いて同調してくれているが、中曽根は「そう？」と軽く首を傾げるだけで質問を考え直すつもりはないようだ。

なんだろう、このプライバシーの深層部を突くような質問は。いや、つき合っているなら相手の寝姿《ねすがた》を知っていて当然だという意味合いか。

俺は十色がベッドに転がっている姿を思い出す。しょっちゅう見る光景なので、すぐに脳裏《のうり》に浮《う》かんできた。

「右向きだな、十色は」

「正市は仰向《あおむ》け……が多いかな？」

「右向きね。うんうん」

中曽根は頷きながら、次の質問を口にする。

「それじゃあ今度は、お風呂《ふろ》に入ったとき、どこから洗うでしょう？」

「お、お風呂⁉　ちょっ、さっきから質問が変だよ⁉」

今度は十色が顔を赤くしてうららに訴えた。

いくらなんでも飛ばしすぎだろうと、俺も口を開こうとするが、

「いいからいいから。あれっ、もしかして知らないの？　カップルなのに？」

中曽根にそう煽《あお》られ、逃げられない状況《じょうきょう》にされる。

小学校低学年の頃、何度か親の都合で一緒にお風呂に入れられたことがあった。確かそのときは……。

「えっと、腕《うで》からだったな……左腕《ひだりうで》だ」

言いながら、つい成長した今の十色が身体を洗っている姿を想像してしまう。内緒《ないしょ》だが、少しドキドキしてしまった。

「正市はねー、お股《また》からだよね。ちっちゃい頃しょっちゅうおねしょしてたから、そこから洗うよう癖をつけられたんだよね」

っておい、お前は何いらないことまでバラしてんだ！

「左腕、ね。なるほど」

中曽根はぶつぶつと俺たちが述べた答えを呟《つぶや》いている。

「てかこの問題、中曽根は正解を知らないだろ！　特にお風呂事情なんて誰《だれ》にも明かしてないトップシークレットだ。出題者が正解を知らないと、クイズとして成り立たないだろ！」

俺は黙《だま》っていられず、気になっていたことを言及してしまう。

「別にあんたのことなんて興味ないし。十色は中学の修学旅行でお風呂入ったとき、腕から洗ってた。確かに正解」

え、俺、単純に辱《はずかし》められただけ？　なんだかものすごく損をした気分だ。

そして続けて、中曽根が眉《まゆ》をひそめながら思いがけない言葉を口にする。

「ていうか、二人さ、つき合い始めたばっかりなのに、いろいろ知りすぎじゃない……？」

な、なんという手の平返し……。

俺《おれ》が驚愕《きょうがく》している横で、十色が反論する。

「や、カップルだったらよく知ってるはずって言ったのうららちゃんじゃん！」

「いや、そう思ってたけど。でも聞きながら冷静に考えてみたら、二人、進みすぎじゃない？　もう一緒に寝たりお風呂入ったりしてるの？」

中曽根が俺の斜《なな》め前《まえ》で、視線を鋭《するど》く尖《とが》らせた。

これはハメられたということだろうか。質問がどんどんとプライバシーに踏《ふ》みこんだ内容になっていったのも作戦だったということか？

「し……してるよ……？」

「ほんとに？　してるの？　お風呂入ってるの？　二人で適当にでっち上げて答えてたわけじゃなくて？」

「う……そ、そんなことない！」

十色はしどろもどろになりながらも、はっきりと否定した。

「いやぁ、他のカップルさんよりは、ちょいとペースが速かったかなぁ」

もう開き直り、一緒にお風呂に入った態《てい》で話を進めるつもりのようだ。顔を紅潮させながらも、「いやぁ、まいったまいった」と頭を掻《か》いてみせている。

中曽根がむむぅと小さく唸《うな》った。

こんな状況でも、こちらに有利な点はある。俺たちのどちらかが白状しない限り、この件に関して真実が明らかになることはないのだ。よって、二人で主張し続ける限りは、俺と十色は正真正銘《しょうしんしょうめい》のカップルなのである。

「ウチの知ってる十色は、モテはするけど恋愛《れんあい》経験は少ないはず。この子がそんなほいほいつき合いたての男と事を進めるなんて――」

中曽根が独り言のようにぶつぶつ呟いている。事を進めるって、いやに直接的だな……。

俺も何か十色のフォローをした方がいいのか、迷っていたときだった。

「じゃあさじゃあさ――」

エロ猿が、いらぬことを騒《さわ》ぎ始めた。

「丁度ご飯中なわけだけれど、二人なら『あーん』とかも余裕《よゆう》なわけだ」

「おい、何言ってんだよ。あーん？」

「そうそう、あーんと言えばあーん。見てみたいなぁ、十色ちゃんのあーん」

猿賀谷はそう繰《く》り返しながら、カレーを食べていたスプーンを差し出してみせてくる。

あーん、とは相手に何か食べさせるときに言うお決まりのアレだろう。カップルの定番行為《こうい》のはずだ。

だけど——。

『正市、この新発売のパスタ超《ちょう》おいしいよ。食べてみ？』

『いや、今コントローラーから手が離《はな》せん。敵にずっと狙われてる』

『んー？　しょうがないなぁ。ほら、あーん』

他にも何度も。あーんなんてカップルにならずともすでに、めちゃくちゃ経験があった。

俺と十色にとっては普通のことなのだ。

だからまぁ、できないことはない。

「あーん、か」

「あーん、ね……」

俺が言うと、十色も漏《も》らす。

こんなに他人に注目されているとやり辛いが……、これでカップルとして進んでいると証明できるなら――。

俺がそう決心し、十色と目で頷き合ったとき。

「まぁ、カップルなら間接キッスも気にしないよなー。風呂に一緒に入ってるくらいだし、キッスだってとっくにしているんだろう？　あー、いいなー、彼女」

猿賀谷が語尾《ごび》を伸ばし気味の何気ない口調で言った。

――キス？　間接キス？

俺は思わず脳内で繰り返していた。

確かに、あーんという行為は間接キスという一面を持っている。しかし、純粋《じゅんすい》に相手に何かを食べさせるためにあーんをしてきた俺は、これまでそうは認識《にんしき》していなかった。

「き、キス……」

十色も同じなのか、そう口の中でかすかに呟いている。

間接キス。そう意識すると急に気まずくなってきて、俺と十色はお互いに目を逸らす。

「お？　正市、十色ちゃん？」

様子の変わった俺たちに、猿賀谷が不思議そうに声をかけてくる。

「や、やー、できるよ？　できるけどね……」

そう答えつつ、十色は辺りを見渡《みわた》してみせる。あーんはできるけど、こんな人前でやらせるのか、という抵抗《ていこう》だ。

「できるの？　できるなら早く」

しかし、今度は中曽根が急《せ》かしてきた。腕を組んで、完全に見守る体勢。終わるまで食事には戻らないという意思を感じる。

逃げ場がない。

十色がかすかに苦い表情をこちらに向けてくる。俺は彼女の顔を見ながら小さく頷いた。やるしかない――。

「そ、それじゃあ……」

十色が意を決したように一度頷《うなず》き、自分の使っていた箸を取り上げる。

「ま、正市、あーん」

箸がこちらに伸びてくる。先端《せんたん》に挟《はさ》まれた唐揚げが、僅《わず》かに震《ふる》えていた。その奥《おく》では、十色の黒目がちのぱっちりとした目が、真っ直ぐに俺の顔を捉《とら》えている。

なんだか顔が熱い。

幼馴染《おさななじみ》なら当たり前のことだったのに。ちょっと意識してしまうだけで、どうしてこんなに恥《は》ずかしいのか。

俺は口を開け、唐揚げを軽く噛《か》む。箸が離れる瞬間《しゅんかん》、その先端が唇《くちびる》にちょんと触《ふ》れた。

目の下辺りがかぁっと火照《ほて》り、胸の鼓動《こどう》が急激に速くなった。

——十色と間接キス、してしまった。

「いやー、いいなぁカップルって。オレも彼女ほしいなぁ。にしても正市、いつの間にこまで十色ちゃんと愛を育《はぐく》んでたんだい。ぜひとも今度詳細《しょうさい》を」

猿賀谷の声にハッとして、俺は咥《くわ》えていた唐揚げを口に頬張《ほおば》った。十色がさっと手を引っこめる。気づけば十色とのあーんに没頭《ぼっとう》していたらしい。

「へ、へへっ、どうだ。これでカップルって証明できた？」

十色が中曽根に得意げに訊《たず》ねる。その頬は、ほんのり赤く染まっている。

「……まぁ、少なくとも友達以上の関係ということはわかったわ。……悪かったわね」

中曽根はそう素直《すなお》に謝《あやま》り、箸を持つ。すっかり伸びたラーメンに取りかかるらしい。

しかし俺がその様子を窺っていると、一瞬《いっしゅん》、ちらりと鋭い視線が飛んできた。姉の星里《せり》奈《な》には負けるが、ギャルらしい迫力《はくりょく》のある睨《にら》みだ。

食事を見られているのが嫌だったのか。それとも、まだ何か疑いを持っているのか……。

十色と本当に仲がいい友達だからこそ、ぐいぐいと探りを入れてくるのだろう。

俺が素早《すばや》く目を逸らしたあとも、ちらちらとこちらを睨んできており、蛇《へび》にロックオンされたカエルのような気分で俺は昼食を口に運ぶのだった。

〈6〉世界を欺く二人のデート

高台に建つ名北高校《めいほくこうこう》の四階からは、天気がよければ海が見える。

梅雨《つゆ》が明け、久々に一日中晴れた夕方。南西の海へ夕陽《ゆうひ》がゆっくりと下降し、空には紫《むらさき》がかった青色が広がっていた。

「おー、今日、景色調子いいね。めちゃくちゃ綺麗《きれい》じゃない？」

丸テーブルを挟み対面した席で、窓の外を見ていた十色《といろ》が興奮した声で口にする。横顔からでもわかる大きな瞳《ひとみ》が、きらきらと夕陽を反射させて潤《うる》んだような輝《かがや》きを発している。

「……まぁ、綺麗だな」

俺は彼女《かのじょ》の横顔から窓の外に視線を移し、そう返事をした。

我《わ》が校《こう》のホームページには、『海の見える学校』という文言が堂々とアピールポイントとして謳《うた》われている。公立でありながら最上階にあたる五階に、カフェテリアなんてオシャレスペースを設けられているのだ。

こんなカップルしか使わない無駄《むだ》なスペースに予算を割《さ》くとは……この学校大丈夫《だいじょうぶ》なの

か？　もう少し誰もが使用できる、例えばパソコンを設置したインターネットブースなんかを個室で作ってほしい。そうすればスマホだとスムーズに動かないからと避けているネットゲームなんかも昼休みにプレイできて俺が幸せ。

しかし、もうそんな文句も言えなくなった。

放課後の掃除を終えたあと、相談があると十色に呼び出された俺は、女子と二人でこのカップルの聖地を利用してしまっていた。

「なぁ、なんでわざわざここなんだ？」

「世界を欺く二人の会談に、ちょうどいいかなって」

「おいおい、かっこいいじゃねぇか。ただ、それならなおさら部屋がいいだろ。ここだとだだ漏れだぞ？」

「やー、わたしたちの場合、家だと集中できないじゃん。大事な話は外の方がいいんだよ」

まぁ確かに、部屋には誘惑《ゆうわく》が多すぎる。俺は帰宅するとまずパソコンの電源を入れてネット環境《かんきょう》にダイブしちゃうし、十色は鞄《かばん》を下ろすとベッドにダイブしてしまう。そして各々《おのおの》の時間を楽しみつつ、気が向けば二人でゲームをするのがいつものパターンだ。

十色が俺に仮初《かりそめ》のカップルになってほしいとお願いしてきた日、部屋に入らず家の外で待っていたのはそのためだったのだろうか。

幸い、この時間のカフェテリアにはお客が少なかった。デートスポットらしく、四隅《よすみ》のソファ席に散らばってカップルが何組かいるくらいだ。ここなら逆に絶賛世界を欺き中の俺たちも目立たないかもしれない。

テーブルの上には俺のコーヒーと、十色の選んだカフェラテ。二人共アイスにした。衣《ころも》替《が》えも終わり、夏が始まろうとしている。

「……で、相談って？　やっぱり俺たちの関係のことか？」

俺が訊ねると、十色はぽりぽりと頬を掻きつつ「やはは」と苦笑いを浮かべた。

「そうだね。さて、どうしたもんかって感じだよ。どうもわたしたちの関係に、疑惑《ぎわく》の目を向ける人たちがいるみたいだ」

「あー……。そんなに怪しまれてるのか？」

中曽根《なかそね》から食堂でいろいろと詮索《せんさく》を受けたのは、先週のことだった。それ以外にも教室で、「なんでつき合っているのか？」という旨《むね》の噂《うわさ》をされているのは聞いたことがある。

しかし、十色が示してきたのは、もっと酷《ひど》い現状だった。

「これ、見てみて」

十色が自分のスマホをついついといじって、画面をこちらに向けてくる。表示されていたのは、ＳＮＳの書きこみのスクリーンショットだ。「どうしてあの二人が」「本当につき

合ってるのか？」「絶対何かわけありだろ」。指を伸ばしてスクロールすると、
「軽く同じ学校っぽい子の呟き回っただけでこんな感じ。それに、周りの友達も結構怪し
んでるみたいだし」
言って、十色は小さく息をつく。
「なるほど、マジか……。てか、俺たちそもそも正直に、幼馴染から恋人《こいびと》になったことに
しとけばよかったんじゃないか？　協力してるとバレる危険はあるかもだが、俺たちの接
点が浮かばない点と、つき合いたてなのに親しすぎて逆に怪しまれる点は解決できた」
「ほんとだね……。でももう遅いよ。つき合い立てほやほやでお互いのことを知りたいか
ら、ちょっとの間、放課後は正市《まさいち》とすごすって話しちゃったし」
「だよな。いや、気づかなかった俺も悪いんだ」
すぎてしまったことは仕方ない。しかしどうにもややこしい事態になってしまっている。
どうしたものかと俺も考えていると、十色がぱちっと顔の前で手を鳴らした。
「まぁ、ちょっち油断したんだよ。もっとカップルらしく恋人ムーブに力を入れないとダ
メってことだ」
「恋人ムーブに？」
「そうそう、そこでだよ。週末、駅のとこのショッピングモールへのお出かけを提案しま

す！　デートとはどういうものかを学び、普通のカップルに近づくため」

「週末、ショッピングモール、デート……」

デート、でーと、デイト……？　聞き慣れない単語だね！

「あ、確かデートってあれか！　女子が服買いに行こうって言うときは大抵《たいてい》荷物持ち要員だったり、ご飯を食べるときは男が奢《おご》るのが暗黙の了解《りょうかい》になっていたり、支払《しはら》いのときにマジックテープ式の財布《さいふ》使ってたら顰蹙《ひんしゅく》買ったりするっていう、あれ……」

「デートに対する偏見《へんけん》がすごい⁉」

いや、ネットで見たもん。それを見てから気にするようになってしまい、愛用していた三つ折りのマジックテープ式財布を手放したのは悲しい過去だ。

「俺、買い物とかあんまり行かないからなー。初めてのおつかいもネットショッピングだし。あ、オススメのショッピングサイト巡《めぐ》りするか？」

やはり気分が乗らず、俺は代替案《だいたいあん》を捻《ひね》り出す。

「何言ってんの。本当は昼から出発がいいけど、仕方なく朝一に出てあげるよ。カードショップの抽選《ちゅうせん》、ちょうど週末にあるでしょ？」

「あ、そう、そうだった！」

危ないあぶない！　俺としたことが。

スマホや家のカレンダーにはしっかり予定として入れていたが、急にデートの話が流れこんできてうっかり失念してしまっていた。

元々、限定品の抽選へ並ぶのはカップルのフリをする交換《こうかん》条件だったはずだ。まさかその条件も利用され、デートに連れ出されるとは。

「たまにはネットの熱帯雨林以外でも買いものしてみよ？」

全《すべ》て想定内というように、十色がにやにやして言う。あのジャングル、会員になればアニメの配信とかも充実《じゅうじつ》してて便利なんだぞ……？

しかし結局、俺は彼女の手の平の上で転がされる形で、週末ショッピングデートに繰り出すことになったのだった。

＊

「え……誰？」

「なにおう？　失礼な！」

デート当日。つま先をとんとんとしてスニーカーを履《は》きながら家から出てきた十色の姿を見て、俺は思わず眉をひそめた。

さらさらと流れるプリーツロングスカートに、裾《すそ》を入れて着た柔《やわ》らかそうな白のTシャツ、身軽そうなポシェットを斜めにかけている。シンプルな服装ながら、きゅっとしまったウエストから際立《きわだ》つスタイルのよさ。髪《かみ》はハーフアップにまとめ、緩《ゆる》く巻かれた横髪と一緒に花のピアスが揺《ゆ》れていた。

普段《ふだん》の十色ではあり得ない清楚《せいそ》な格好だ。ついつい見入ってしまう。

「えと……どちらさん？」

「まだ言うか⁉　そりゃ、デートなんだし、一軍の格好してくるでしょ」

「一軍？」

「そう。友達と遊ぶときとかによく着てるお気に入りの服たち」

「じゃあいつも俺の部屋で着てるのは二軍か？」

「あれは表舞台《おもてぶたい》を去った引退選手たち」

「プレイもさせてもらえないのか……」

まぁ、毛玉のついたもろもろのスウェットやTシャツが多いので、現役《げんえき》を退いたという表現は間違《まちが》ってはいないのかもしれない。

「そうか、一軍か。……似合ってるな」

俺はしみじみ感心するように呟いた。さすがみんなに人気の女子高生は、しっかりオシャレにも気を遣《つか》っているようだ。今日の十色には、思わず目を惹《ひ》かれるものがあった。

——俺の主観的に見ても、可愛《かわい》い……よな。

「お、さっそくちゃんと恋人ムーブかい？」

十色の口調には、どこからかうような色が混ざっていた。

「ん？　いや、本心だが」

そう俺が答えると、十色はなぜか驚いたように目をぱちぱちさせる。

「え、あ、ありがと」

戸惑《とまど》い混じりの礼を受け、そこで俺もハッと気づく。

——今俺、ナチュラルに十色の服装を褒《ほ》めてたか……？

普段通り、ゲームのいいプレイを褒めるような、そんな感覚だったが。デートの初めに服装を褒めるなんて、まさにカップルの所業そのものではないか。

「い、行こうか」

意識すると急に恥ずかしくなってきて、俺は身体の向きを変えて歩きだした。「うん」と返事をし、十色もついてくる。

彼女の服装は似合っているし、正直可愛い。それは俺の本心だった。十色が学校でここまで人気な理由が、少しだけわかった気がした。

「正市はいつもの格好だね」

歩きながら、十色が言う。

「ああ、これが動きやすいし」

俺は自分の服装を見下ろしてみた。灰色のTシャツに、らくだ色の綿のパンツ、シンプルな白のスニーカー。長年使っているため、全体的に少し色がくすんでいる。

「せっかくのデートなんだしお洒落《しゃれ》してきなよー」

「これが俺の戦闘服《せんとうふく》だからな」

街の本屋やカードショップは狭《せま》い店が多いからな。シンプルな服装でないと引っかけて商品を落としてしまいかねない。また、ぴちっとしたデニムパンツやTシャツの上の羽織りなんかは、動きにくそうで他の客に遅《おく》れをとりかねない。

……まぁ、シンプルにほとんど服を持っていないだけなんだが。

「戦うの⁉　まぁ、着やすい服を着るのが一番だけどね。じゃ、お店にレッツゴー！」

気を取り直したように十色が言って、とんっと小さくホップして俺の隣《となり》に並んでくる。

天気は快晴。きっと今日はデート日和《びより》なんだろう。

＊

朝一から混雑していたカードショップで、俺たちは無事抽選券《ちゅうせんけん》の確保に成功した。

「いやー、明日の抽選まで緊張《きんちょう》するな……」

「もしわたしの分で当たったら感謝してよ？」

「あれ、二枚とも俺がまとめて預かっちまったから、どっちがどっちのかわからないぞ。まぁ、どっちにしろ十色には感謝してる。助かったよ」

「ならよし！　もし当たったら、早起きした分のカロリー奢りね」

「それはお菓子《かし》でいいのか……？」

そんな会話をしながら、その足で街一番の大型ショッピングモールへと向かう。

時刻は午前一〇時をすぎたところ。一〇分ほど歩き駅舎を北口から南口へ抜《ぬ》けると、目的の施設《しせつ》に辿《たど》り着いた。

「で、どこに行く？」

ショルダーバッグを肩《かた》にかけ直しつつ、俺は訊ねる。

一般的《いっぱんてき》なカップルは、いったいどんなデートをしているのか。周囲には手を繋《つな》いだ男女が散見されるが、みんなどんなところで遊んでいるんだろう。

テナントは約二〇〇店舗《てんぽ》、レストラン街や食品売り場も大きく、最上階には一〇スクリーンもあるシネマコンプレックスが入っている。選択肢《せんたくし》が多くどこに行くか迷うし、館内も広く道にも迷いそうだ。

「わたし、友達がどんなデートしてるのか聞いてきたんだ。それ参考にいかない？」

「ほんとか。どんな感じだ？」

「えっとね。服屋でお互いの服を選び合う、喫茶店《きっさてん》で一つのパフェを二人で食べる、ペットショップに行って将来買う犬の話をするなどをこなしたいと思います」

「最後のだけやけにリアル味を帯びてるな！」

十色はどうも、今回のデートで恋人ムーブを成功させようとやる気満々のようだ。それには俺も協力したく、彼女の言ったデートコースに従うことにする。

あんまり服、興味ないんだけどな……。

服屋のテナントが軒《のき》を連ねるのは三、四、五階らしい。俺たちはまずエレベーターで五階まで上がる。しかし扉《とびら》が開きそのフロアに降り立ったとき、思わず足を止めてしまった。

天井《てんじょう》付近でやたら派手に光っているカラフルな電飾《でんしょく》。さまざまな音が混ざり合ってできる超音波《ちょうおんぱ》のような騒音《そうおん》。そして、そんな騒音も掻き消して響《ひび》く歓声《かんせい》と笑い声。

そこにあったのは大人も子供も楽しめる夢空間。

「ゲーセンか」

俺が呟くと、十色も頷《うなず》いた。

「そいや、五階の端《はし》にあったねぇ、ゲーセン。まぁ、服屋はあっちだ」

言いながら、左手の通路へ歩きだす――が、その顔は引っ張られるようにゲーセンの方を向いたまま。やがて首の角度が一八〇度になりかけたとき、十色は足を止めてしまった。

「どうした？」

十色の後ろに続いていた俺も、合わせて立ち止まる。

「……どう思う？」

十色が何かを抑《おさ》え込もうと葛藤《かっとう》するような、低い声で言った。

「どうって何が？」

俺が訊ね返すと、十色はしばし黙りこむ。ＵＦＯキャッチャーのポップな音楽が、繰り返し流れていた。その陽気なメロディに誘《さそ》われるように、十色の身体《からだ》がじりじりと向きを変えていくのを俺は眺《なが》めていた。

「こ、恋人ムーブはまた次回……」

やがて十色がそう口にする。

「え、いいのか？」

「いいも何も……。正市はあれを見て耐《た》えられるの？」

「いや、正直全身の疼《うず》きが止められないが……」

そりゃ、許されるならゲーセンで思いっきり遊びたい。中学時代アーケードゲームにハマっていた時期もあって、好きか嫌《きら》いかで訊《き》かれたら大好きだ。

「ゲーセンデートってのもあると思うし……、うん。今日はいっか！」

十色も十色でゲーム好きだ。我慢できなくなったのだろう。「よっし！」と両手で小さくガッツポーズをし、完全に踵《きびす》を返してゲーセンへ足を向ける。

「正市、さっそく勝負しよ！」

「おう、何がきても受けて立つ。こんなところまできて後悔《こうかい》しても知らねぇからな？」

「望むところだよ。じゃあねぇ、あれやろ？」

言って、十色が指さしたのは家でもよくプレイしているマルオレースのアーケード版だった。ゲーセンでプレイするのは初めてだ。こちらではお金を入れたあとに顔写真を撮影《さつえい》し、レース中、キャラアイコンの代わりに自分の顔を表示させることができるらしい。

「負けたらこのあと自販機《じはんき》のアイス奢り。どう？」

「オーケー」

俺たちはさっそく筐体《きょうたい》に乗りこんで硬貨《こうか》を投入、店内対戦を選択《せんたく》した。

画面は写真撮影に移り、俺はビシッとキメ顔をし、十色は両手を頬に当てて口をタコさんにした変顔をする。この時点で戦いは始まっている気がする。

家でよく使っているのと同じキャラクターを選択し、十色が直感で海辺のコースを選ぶと、レースが始まった。

「うおっ、やべぇ！　曲がるまがる！」

「きゃっ、ちょっ、めっちゃ滑《すべ》る！　なんかCPU速くない⁉」

思えばこのゲームをハンドルでプレイするのはこれが初めてだった。アーケードのシートに座《すわ》るのも初で、後頭部にスピーカーがあり、エンジンやドリフトの音の臨場感に気分が高揚《こうよう》する。ただし、いつも使っているコントローラーと操作感も全く違《ちが》った。ちょっとハンドルを切るだけで、カートがぎゅいんと旋回《せんかい》しそうになってしまう。

「くそっ、スタートダッシュはよかったが、どんどん抜かれてく」

「アイテムに期待するしかだねっ。——あーっ、取れなかった！」

どんどんCPUに抜かれていき、俺たちは取り残される形に。だけど二人共諦《あきら》めてはいない。いくらコンピューターにやられようと、勝負は俺たちの間で行われているのだ。次《し》第《だい》に操作に慣れてきて、俺たちはまともに走り始めた。

「正市！　これでも食らえっ！」

「ちゃんとガードしてますー。ってうおっ、後ろ見てたらカニが！」

「へへーん。脇見《わきみ》運転は危ないですよー、お先ー！　ってわっ！　アイテム使ってたら崖《がけ》にダイブしたっ」

カートの一挙手一投足に、隣からぎゃーぎゃーと叫《さけ》び声《ごえ》が聞こえてくる。

「カップルムーブどころか、完全に家の幼馴染ムーブになってんぞ！　人前で！」

「——っつ」

恥ずかしかったのか、十色がちらりと周囲を窺《うかが》う。俺も一瞬だけ画面から目を離してみると、いつの間にかちびっ子たちが順番待ちをしていた。

まぁ、ゲームしてると素のテンションが出ちゃうのは、わからなくもないけどな……。

少しの間静かになっていた十色だが、次第にゲームに引きこまれるとまた声が出始める。

画面の中でドタバタしつつも、なんとか三ラップ目——最後の一周へ。俺と十色は追い抜いては追い越《こ》され。実力の部分では拮抗《きっこう》しており、アイテムの運勝負になりつつあった。

「くそっ、コントローラーなら負けないのに……」

「へへん、正市、慣れがなきゃこんなもん？　素のゲーム感覚が同じくらいってことだね」

くそう、部屋ではいつも俺が勝ち越している分、ここで負けたら絶対に十色が調子に乗ってしまう。プライドに懸けて、絶対に負けられない。

俺はハンドルを動かしながら、ふぅと一つ息をついた。

落ち着け。必ず勝つための方法は、すでに見つけてある。一、二ラップ目、操作に慣れず壁《かべ》に激突《げきとつ》を繰り返していた間、俺が何もしていないと思ったら大間違《おおまちが》いだ。

一気に差をつけてやる！

カートは砂浜《すなはま》を走っていた。右手に海、左手に山。すぐ後ろで、十色がドリフトをしながら貼《は》りついてきている。

俺はそこで、一気にハンドルを左に切った。十色が「えっ」と声を上げる。進行方向には山。その山によく見ると穴が開いており、光が漏れている。手前にあった斜めに生えた岩に前輪から乗り上げ、俺のカートは大きくジャンプ、そのトンネルに飛びこんだ。

「あー、正市！　近道⁉」

「ふはは。コースの地図を見るに、このトンネルは山を突っ切っている。明らかなショートカットだ。何回も壁にぶつかりつつ、俺はこの抜け道を探していたのさ！」

正確に言うと、何度もコースアウトした結果、偶然《ぐうぜん》穴の存在に気づいただけなのだが。

「ずるいよ！　そんな現地民しか知らないような道！　反則だ！」

くっくっくっ、なんとでも言え。トンネルを抜ければ、もうゴール手前だ。勝者こそ正義。他人の奢りで食べる冷たいアイスはさぞうまいだろう。

「鬼《おに》！　悪魔《あくま》！　人でなし！　前世ナメクジ！　来世ダンゴムシ！」

「悪口が独特すぎる⁉」

「――――なんてね」

ん？

悪口を連呼していた十色の口から、小声で妙《みょう》な言葉が発せられた。奇妙《きみょう》に思い、俺はちらりと横目で彼女を窺う。

表情は横髪に隠《かく》れて見えない。だが、その口角がにやりと上がっていた。

なんだ？　どうしてこの状況で笑えるんだ？

やがてトンネルを抜け、明るい世界に飛び出す。山の中腹にあった出口から地面に着地した瞬間、俺のカートが勢いよくスリップ、スピンした。制御《せいぎょ》不能のまま、海へとコースアウトしてしまう。

「なっ、なっ」

スリップした瞬間、確かに見えた。カートを滑らせるアイテム、氷ブロックが地面にセットしてあった。俺はプレイ中にもかかわらず十色の方に顔を向けてしまう。

「ふふふふーん。わたしもね、何もしてないと思ったら大間違いだよ。壁に激突しながら、あのトンネル正市利用しそうだなーって。勝負をかけてくるなら三週目だろうなぁ、って。だから罠《わな》を仕かけといた。わたしの勝ちだっ！」

言って、肩を大きく傾《かたむ》けながらハンドルを切る。海から復帰してきた俺の目の前を、十色のタコさんの変顔が通りすぎていった。今見るとその顔すげぇ煽《あお》り性能高いな……。そのまま追いつけず十色が先にゴールしてしまう。実際はCPUたちが上位を埋《う》め尽《つ》くしており、最下位争いだったわけだが、十色は諸手《もろて》を挙げて喜んでいた。

「わーい！　レースで正市に勝ったー！　気持ちいいよー」

背後ではちびっ子たちがもの珍《めずら》しそうな顔で、はしゃぐ女子高生を眺めている。

「マジか……」

まさかこのゲームで負けるなんて。このまま続けてすぐにでもリベンジしたいが、ちびっ子たちが待っている。

俺はがっくりと脱力《だつりょく》しながら、よろよろと筐体から降りるのだった。

＊

俺《おれ》奢りのアイス休憩《きゅうけい》のあと、ゾンビを打ち殺す系のガンゲー、太鼓《たいこ》を叩《たた》く系の音ゲー、全国対戦ができる系のクイズゲームを回った。

——やっぱり十色とだと、どんなゲームも安定して楽しめるんだよなぁ。

全力の幼馴染ムーブではしゃぎ回ったあと、俺たちはＵＦＯキャッチャーのコーナーをぶらぶらと歩いていた。

「なんかやるか？」

景品になっている最近流行のアニメのフィギュアを眺めつつ、俺は十色に訊ねた。

「やー、こういうのって中々取れないし、結局買った方が安いでしょ？」

十色は近くの筐体のボタンをカシカシ押《お》しながら、中のぬいぐるみを眺めている。

「非常に盛り下がる、デート中のカップルらしくない発言だな。今のは足引っ張りポイントじゃないか？」

「ノーノー、現実主義者なだけ。ぬいぐるみは可愛いけど、値段が可愛くなくなるよ」

そう言いつつ、十色は筐体から離れる。しかし通路を歩きだそうとした次の瞬間、その目を大きく見開いた。急に回れ右をし、俺の方にずんずんと近づいてくる。

「な、なんだ？」

俺が戸惑っていると、十色がすっと背伸《せの》びをして俺に耳打ちをしてきた。

「入口の方、マユちゃんたちがきてる」

言われて目をやると、確かに同じクラスの女子と、どこか見覚えのある他クラスの女子が三人、ゲームセンターに入ってきていた。俺《おれ》たちのいる方に向かってきているようだ。

どうするつもりか、俺が十色の表情を窺おうとしたとき、

「正市っ」

そう小さく言って、十色が俺の右腕《みぎうで》を抱《だ》きかかえるように取った。空気の動きに合わせて、ふわりと甘《あま》い香《かお》りが漂《ただよ》ってくる。

――なっ、なんだなんだ？

腕《うで》全体が十色のふんわりとした柔らかさに包まれる。

「お、おおおう？」

慌《あわ》てた俺がまともな返事をする前に、十色は声を上げる。

「きゃー、正市、あの豆柴《まめしば》取ってー！」

中々の声量だった。マユちゃん御一行《ごいっこう》もこちらを向いている。ただ声をかける隙《すき》も与《あた》えず、十色は俺の腕をぐいぐい引いて先程《さきほど》見ていた筐体に近づいていく。

「これ、これほしい、可愛い！」

「いや、さっき、こんなん買った方が安いって――いてっ」

俺が話す途中《とちゅう》、十色がさらにきつく腕を抱きつつ足を踏《ふ》んできた。見れば、その頬に若《じゃっ》干《かん》赤みが差している。

「取ろとろー？　お家《うち》に飾《かざ》ろー！」

どうやらノリのいいカップルを演じろということなのだろう。恥ずかしいが、近頃俺《ちかごろおれ》たちの関係に疑惑を持たれつつある中では、致《いた》し方《かた》ないといったところか。

にしても、さっきまでUFOキャッチャー否定派だったくせにこの変わり身の早さ……。

同級生たちはこちらに注目しているようだ。その視線は十色の隣にいる男は誰《だれ》だと探《さぐ》るような粘《ねば》っこさを持って、俺に向けられている。妙に居心地《いごこち》が悪く、俺は十色の腕をさりげなく解《ほど》いた。

けどまぁ、今はどう考えても、しっかり彼氏《かれし》役をこなさなければいけない場面か……。

俺は小さく息をつきながら、UFOキャッチャーの筐体に顔を向けた。

「十色なら真っ先にあっちのゲームにあるお菓子タワーに飛びつくと思ったんだけどな」

目の前の筐体には豆柴のぬいぐるみが二体並んでいる。バンダナを巻いたオスと、リボンをつけたメス。実際の小型犬よりも少し大きく、抱き心地《ごこち》のよさそうなサイズ感である。

「失礼な！　わたしだって女の子なんですぅー。カワイイには人並みに興味ありますぅー。豆柴はほんとに好きだし、正市のベッドにでも置いとこっかなーって。ほら、柔らかそうで寝《ね》心地《ごこち》も丁度よさそうだし」

「お前、結局枕《まくら》にする気じゃないか……？」

俺の言葉に「バレた？」と笑いながら、十色は財布を取り出す。一〇〇円玉を筐体に入れ、「むむむっ」とアクリル板の奥を睨みだした。こうしてUFOキャッチャーをすることと自体が恋人ムーブなので、もう同級生たちは気にせずプレイに集中するようだ。


「取れそうか？」

「こんなもの、わたしにかかれば指一本だよ」

「そりゃボタン押すだけだからな。今の発言で一抹《いちまつ》の不安を感じたわ」

「……よし、決めた！　ここだっ！」

少しの間じいっとぬいぐるみを見つめていた十色だったが、覚悟《かくご》を決めたようにボタンを押した。オスの豆柴の腹部を、アームで両側からがっしりと挟む。

「よっし、狙《ねら》い通り！」

十色が小さく頷く。

「がっしり腹の下まで掴《つか》んでるな」

俺も筐体の横に回り、状態を確認《かくにん》しながら言った。

しかし、アームにはまるで力がなかった。銀のツメでぬいぐるみの表面を撫《な》でただけで、何も持たずに戻《もど》ってくる。

「なんでっ⁉」

両手とおでこでアクリル板に貼りつく十色。

「力の設定がめちゃめちゃ弱くしてあるんだな」

「人類にはまだ早いってこと⁉」

「動揺《どうよう》しすぎだろ。人にも取れるようにはなってる。今、アームが上がるとき、ちょっとだけぬいぐるみが動いただろ？　あれを繰《く》り返して落とし口まで運ぶんだよ」

このサイズのぬいぐるみが景品のＵＦＯキャッチャーでは、一発で取れる方が珍しいだろう。そんなんで乱獲《らんかく》されたらゲーセンも赤字になってしまうからな。

「ほんの数ミリしか動かなかったよ？　何年かかるの⁉」

「動かし方にもコツがあるんだよ」

そう言いながら、俺は自分の財布を取り出した。五〇〇円を入れ、俺はボタンに指で触れる。先にまとめてクレジットを入れておけば、回数が一回分サービスされる。

「左側に落とし口があるだろ？　だからまず、右のアームをぎりぎりぬいぐるみに引っかける位置で下ろして、アームが閉じて上昇《じょうしょう》する際の力で左側に寄せていく」

さっきよりは大きく、豆柴が移動した。

「これを繰り返してぬいぐるみが落とし口にはみ出したら、今度はアームの先端をぬいぐるみに押しつけるようにして、ぐいぐい落としていく。ＵＦＯ本体を使って押す技もあるけど、この台は下降制限が設定されてて途中で止まってしまうから、アームの爪《つめ》を使おう」

「おおっ、なんか取れそうだ！」

十色は目を輝かせながら筐体の中を覗んでいる。

「まぁ、金はかかっちゃうんだけどな」

そう言いつつも、俺は少し得意げになりながら、プレイを続けていく。次の五〇〇円は十色が出してくれた。

「ていうか、正市やけに詳《くわ》しいね。なんで？」

十色が振《ふ》り向いて俺を見上げ、訊ねてくる。

「アニメやゲームキャラのフィギュアとかぬいぐるみとか。中学の頃《ころ》集めてたんだ。いくら使ったか……」

「ああ、あのクローゼットに押しこまれてる……」

「知ってたのかよ⁉」

「たまに正市に部屋着借りるとき、クローゼット開けるじゃん？　そのときパッと横見ると、可愛い美少女のぬいぐるみがじーっとこっちを見てるんだよね」

「そう聞くとめちゃくちゃホラーだな！」

せっかく取ったのにそんな扱《あつか》いしてごめん！　ついついほしくてお金をかけて救出してしまうのだが、いかんせん部屋が狭く、置き場に困った結果がそれだった。頻繁《ひんぱん》に出して手入れしたり愛《め》でたりはしてるんだぞ？

そうこう話しているうちに、豆柴が落とし口にはまった。手順通り、アームの爪でつんつんお尻《しり》を押していく。そして――、

「もうちょい、もうちょい、いける……やったー！」

無事、ぬいぐるみが落下。十色がガッツポーズをして振り返り、それからばばっとしゃがみこんで豆柴を迎《むか》えにいく。

「すごいよ正市、ありがとう！　初デートの思い出にいいお土産《みやげ》ができたねー！」

想像以上にはしゃぐ十色。

子供か……。

そうは思うも、俺はなんだか嬉《うれ》しい気分になっている自分にも気づいていた。それにこうも純粋《じゅんすい》に褒められると、少し誇《ほこ》らしくもある。まぁ金かければ誰でも取れると思うけど。女の子と二人でゲーセンに行って、UFOキャッチャー。漫画《まんが》やラノベでよく見かけるイベントだったが、現実でも起こり得るものだったのか。それも、二次元にも劣《おと》らないかもしれない、美少女と一緒《いっしょ》に――。

俺が一人、そんな感慨《かんがい》に浸《ひた》っていると、

「わんわん、助けてくれてありがとうだわん」

十色の操《あやつ》る豆柴が俺の顔にじゃれついてくる。暑苦しい。俺が両手で豆柴を捕《つか》まえると、十色が手を離《はな》してこちらに預けてくる。

お？　この手触《てざわ》り、感触《かんしょく》……。なるほど。

「……こいつ、枕に丁度いいな」

「あ、でしょー？」

――思い出、か。

実用的なものなら、押し入れにはしまえない。

なら、こいつはずっと、部屋に置いとかなくちゃいけないな――。

＊

結局その日、俺と十色は夕方の五時すぎまでショッピングモールで遊んでいた。

ゲーセンを出た俺たちは、

「お腹《なか》すいたー！　正市は何食べたい？」

「そうだな、ラーメンかな」

「あー、アリ！　まぁ、カップルの初デートっぽくはないけど……」

「じゃあなんか他のにするか？」

「や、無理。もう口が豚骨《とんこつ》」

そんな会話をしながらレストラン街に向かった。

丁度お昼時で並ぶことになったが、待ち時間もアプリゲームで潰《つぶ》して無事ラーメンにありついた。その後は最新のゲームを見におもちゃ屋を覗《のぞ》いたり、雑貨や書籍《しょせき》を扱う趣味《しゅみ》性の高いショップを冷やかしたり。ほしかったラノベの新刊が出ているのを思い出し、限定の特典がつくアニメショップにも足を運んだ。

時間が経《た》つのはあっという間だった。

帰る直前、十色が「みんなに見せるデートの証拠《しょうこ》が必要だ！」と言いだし、俺たちは再びゲーセンに舞《ま》い戻ってプリクラを撮《と》った。落書きは十色が担当し、出てきたシートを半分に切り分けてくれる。もらったシールには、人生初めてのプリクラで下手な笑顔《えがお》とぎこちないピースをした俺と、ノリノリで唇《くちびる》を尖《とが》らせながらウインクをした十色が写っていた。

そして俺たちは今、並んで帰路に就《つ》いている。

日中熱せられた屋外の空気は、まだむわんと蒸《む》し暑《あつ》く、長時間店内にいて冷えた身体にはほんわりと心地《ここち》いい。

買い物袋《ぶくろ》を持った主婦、部活帰りの学生、休日出勤だろうかスーツを着たオジさん。夕暮れの駅前を行き交《か》う人たちは、心なしかみな急《せ》いている。そんな中、俺たちは今日という日に満足したように、ゆったりと家に向かって歩いていた。

「カップルのデートってこんなもんなのかな」

俺はふと思い、十色に訊《たず》ねた。

最近は部屋で遊ぶことが多く、彼女《かのじょ》と出かけるのは久々だった。純粋に楽しく、充実した一日だったが、なんだかいつもの遊びの延長のような……。今日のこれはカップルムーブと呼べるのか気になったのだ。

まぁ、ゲーセンの誘惑《ゆうわく》に負けた時点で出だしからぐだぐだだったのだが。

十色は人さし指を口元に当てて考える仕草を見せたあと、俺を見てふわっと笑った。

「んー、まぁいいじゃん、こんなもんで。わたしたちが楽しいのが一番だし！」

「そんなもんか？」

「こんなもんだよ」

十色がいいと言うならいいだろう。まぁそもそも、普通《ふつう》のカップルがどんなデートしてるかなんて、俺も知らないのだ。だいたいこんなもん、なんだろう。

そう俺が考えていると、隣で十色が小さく口を開いた。

「でも……」

ぽんぽんっと軽《かろ》やかにステップを踏んで前に出て、俺を振り返ってくる。俺は思わず立ち止まった。

「もの足りないんなら、手でも繋ぐ?」

「えっ、手?」

突然《とつぜん》の提案に、俺は戸惑いの声を上げてしまう。

「うん。恋人《こいびと》ムーブといえばこれでしょ。あー、正市、照れてるの?」

冗談《じょうだん》っぽい声音《こわね》で十色が言って、にやにやしながら俺の顔を覗きこんできた。その丸い瞳《ひとみ》に、俺の顔が映りこむ。

「て、照れてねぇし! 何言ってんだよ」

そうは言いつつも、胸の鼓動《こどう》がどくどくと急激に速まる。最近よく襲《おそ》われるこの感覚は、もう止められないのだろうか。

「あらー、慌てちゃってー。急に可愛い女の子と手を繋ぐなんて、初心《うぶ》な正市くんには恥《は》ずかしかったですかー?」

「べ、別に、誰が可愛いだ」

俺はなんとか取り繕《つくろ》うように、「ほれ」と短く言って開いた手を差し出す。するとその人差し指から小指までをまとめて、十色の冷たく柔らかい手がきゅっと握《にぎ》ってきた。

しばし謎《なぞ》の無言の時間が流れた。俺はそっぽを向くように顔を背《そむ》け、しかし彼女の手の感触はひしひしと感じていた。彼女は少し俯《うつむ》き、握った手をじっと見つめていたようだ。

——やばい、めちゃくちゃ緊張する……。

やがて俺たちは手を繋いだまま、歩調を合わせて歩きだした。

「……なんかさ、小さい頃を思い出さない？」

「あ、あー、確かに。よく手ぇ繋いでどっか遊びに行ったりしたよな」

「あの近所の河原《かわら》が多かった？　ザリガニ取って、正市の家で飼ったよね」

「そうだったそうだった。鳴き声がするのにどこにいるかわからないウシガエルをずっと探し回ってたっけ。小さい頃は意外とアクティブだったよな」

十色が他愛《たあい》ない昔話を振ってくれたおかげで、ふんわりと緊張感が解けていく。

「アクティブアクティブ。よく電車で旅行も行きまくったよね。日本全国、津々浦々《つつうらうら》」

「旅行……？　それあれだろ、ゲームの栗《くり》鉄の話だろ！　急に何かと思ったぞ。めちゃめちゃ時間かかるし、むしろインドアの極《きわ》みだろあれ」

「あはは、昔めちゃめちゃやったよね！　栗ランド、未《いま》だに買えたことないなー」

「結構ハマったよなー。修学旅行とかで、あれなんかここきたことある！　と思ったら、栗鉄で訪《おとず》れた記憶《きおく》だったなんてことが多々あった」

ねね、今度やろうよ？　おお、いいぞ、一〇〇年でな。

そんな約束をしていると、なんだか本当に幼い頃に戻ったみたいだった。昔話を続けながら、西日に染まる住宅街を進んでいく。どこかの家から漂ってくる晩ご飯の香りに、郷《きょう》愁《しゅう》を掻《か》き立てられる。もうすぐ街灯が一斉《いっせい》に灯《とも》る時間だろうか。

この道も小学生の頃、二人で手を繋いで歩いたことがあった。あの頃はそんなこと当たり前だった。

ならば今、サイズの変わった相手の手の感触にドキドキしているのは自分だけなのだろうか。気づけば俺は、一人そんなことを考えていた。

☆

月曜日。

わたしは登校するとさっそく、友達グループの中で正市とのデートの話をした。

だけど、彼女たちの反応は予想と少し違った。

「へー、ショッピングモールデートか、いいなー」

「てかてか、あたしも十色と遊びたいしー。今度さ、バスケ部の男子とボウリング行くんだけどさ、十色もこない？」

「それ、行こいこ！　ご飯も行くよね？　誰かいい感じにならないかなー」

楓《かえで》とまゆ子《こ》は口々にそう言うと、そのままバスケ部のイケメンの話をし始めた。

そのあっさりとした反応に、わたしは少し驚《おどろ》いてしまった。デートで何をしたかや、彼氏とどこまで進展したかなど、詳細《しょうさい》を根《ね》掘《ほ》り葉《は》掘《ほ》り訊かれる覚悟をしていたからだ。

「デート、ねぇ……。楽しかった？」

うららちゃんだけはそう訊ねてきてくれたけど、すぐに楓たちの会話に引っ張られていってしまう。

わたしと正市について、つき合いだした頃はかなり噂《うわさ》になっていたようだけど、もうすでに下火なトピックになっているのかもしれない。みんなあまり関心がなさそうである。

逆に興味があるのは、イケメンの同級生とか、運動部のエースとか、ちょっと目立つ不良系の子とか。みんなそんな男の子たちの話がしたいようだ。あの子はアリとかナシとか、つき合いたいとか抱かれてもいいとか……。

ちなみにバスケ部男子には楓が気になっている春日部《かすかべ》くんがいるので、きっと遊びはそれ繋がりなのだろう。

——まぁ、いいんだ。正市のよさは、わたしだけがわかっていればいい。

わたしはそう思いながら、見せるタイミングを逸《いっ》したプリクラをポケットの上からそっと押さえた。

＊

放課後、今日も俺の家に十色がやってきていた。一昨日ゲーセンで取った豆柴のぬいぐるみを膝《ひざ》に抱き、ベッドの上で漫画を読んでくつろいでいる。

「なぁ十色、何か食べたいものあるか？　コンビニ行くし、なんでも買ってきてやるぞ？」

「じゃあ、安定のポテチで！　……や、レーズンバターサンドもありだな。やや、気分はどっちかというとチョコ系か？　なんか炭酸も飲みたいな」

「よーし、全部俺が奢《おご》ってやる！」

「え、マジ？　全部⁉　やったー！」

俺は今すごく気分がいい。土曜日に一緒に抽選券をもらいに行った、カードショップの抽選《ちゅうせん》が当たったのだ。

抽選券と引き換《か》えに購入《こうにゅう》してきたカードをさっそく開封《かいふう》し、勉強机で眺めていた俺は、一旦《いったん》中断してコンビニへ行く準備を始める。

「やー、カードとかゲームにそこまで夢中になれるっていいねぇ。その純粋さは正市のよさの一つだよ。尊敬そんけい」

「おう？　急にどうした？　褒《ほ》めてくれてるのか？」

「たこ焼きも食べたいナ？」

「お前あんまり調子にの──いいだろう！　今回だけだぞ」

「やったー！」

今日だけは、まんまと乗せられてやる。こんなにチョロい真園《まぞの》正市は人生最初で最後だ。

「まぁ、いつも自分の意志を持って、やりたいことしてる正市は素直《すなお》に眩《まぶ》しいけどねぇ」

そう十色がぽつりと言う。

その呟《つぶや》き声に俺が「ん？」と訊き返すと同時、十色が「あっ」と何か思い出したように口を開けた。

「そういや今度、うららちゃんと遊ぶことになった。まだ日は決まってないけど」

忘れないうちに言っとかないと、と十色はつけ加える。

「そうか、了解《りょうかい》。惚《ほ》れた腫《は》れたの話に巻きこまれないように気をつけて。あと、体調も。遊びすぎて疲《つか》れないように」

「はーい」

「ていうか、友達と遊ぶの久しぶりじゃねぇか？」

ふと思えば、つき合っているフリをしだしてから、十色はほぼ毎日俺の部屋にきていた。

「まぁねぇ。わたしには大事な彼氏がいるから。あ、もちろん遊ぶのは女の子同士だよ？」

「彼氏は偽物《にせもの》だろ。……まぁ、男NGにしといた方が、恋人ムーブ的には正しいよな」

俺の回答がどこか不服だったのか、十色は口を膨《ふく》らませる。しかしすぐに難しい表情に。

「……そだねぇ。まだわたしたちのこと疑ってるっぽい人、いるからねぇ」

情報網《じょうほうもう》が金魚すくいのポイほどの大きさしかない俺でさえ、俺たちの関係を勘《かん》ぐる声があるのは知っていた。ならば裏ではもっと活発に噂されているのかもしれない。

「友達にも何か言われたりするのか？　土曜のデートも結局普通に遊んじまったし……。また何かした方がいいことがあれば言ってくれよ？」

そう俺が言うと、十色は目をぱちぱちと瞬《まばた》かせ、それからふっと破顔した。

「ありがと。まぁ、疑われはしつつも、こんなのんびりした放課後をすごせてるんだから今のところ作戦は成功かな」

「そうか？　お前がそれでいいと思うならいいんだけど。実際、そこらのカップルよりもカップルっぽい状態ではあるしな……」

言いながら、俺はちらりとベッドで胡坐《あぐら》をかく十色の脚《あし》を見やる。

十色が首を傾《かし》げ、不思議そうな顔で俺の視線を追って――気づいた。

「あ」

膝の上に抱いた豆柴の下で、先程から制服のスカートががっつりめくれていた。ライムグリーンのパンツが見えてしまっている。いつ指摘《してき》しようか迷っていたのだ。

「……きゃー。つってね」

言って、十色は片手でスカートを押さえた。

「見事なまでの棒読みだな。つき合い立てのカップルならもうちょっと恥ずかしがるんじゃないか？」

「そうかなぁ……」

十色はスカートを直しながら、目線を落としてしばし何やら考えているようだった。

……なんだ？

謎の間を不思議に思い、俺は眉《まゆ》をひそめる。何か、まずいことを言ってしまっただろうか。俺が不安になりかけたとき、彼女が下がっていた額を持ち上げる。

その彼女の瞳は、熱に浮《う》かされたように潤《うる》んで見えた。

「多分ね、正市。本物のカップルなら、その先があるんじゃないかな？」

十色が身体を動かすと、膝にあった豆柴が床《ゆか》に落ちた。足元まで弾《はず》んできたそれを、俺は拾い上げてベッドに置こうと立ち上がる。

「いや、その先って……」

豆柴をベッドに戻した、そのとき、

「正市っ」

十色にぐいっと腕を引っ張られ、油断していた俺は体勢を崩《くず》しベッドに手を突《つ》いた。

「ちょっ、おっ？」

突然のことに、俺はパニックに。

十色がベッドの上で身体《からだ》をずらし、空いている手でぽんぽんとシーツを叩いてみせてくる。

「その先はその先。……やってみる？」

「……えっ？」

掴まえた腕を離さないまま、十色が俺の顔を覗きこんでくる。

その先、の意味がわからないほど鈍感《どんかん》ではない。しかし俺はとぼけてみせる。その先の、さらにその先が、全く想像ができないからだ。それを無視して一歩を踏み出す勇気は俺にはなかった。

しかし、十色は許してくれない。

「正市、恋人ムーブだよ」

「お前、何——」

何考えてるんだ。そう言い終わる前に、俺は再び十色に引っ張られベッドに横になってしまった。抵抗《ていこう》できなかったのは、十色の口調に強い意志がこもっていたからだと思う。

これは恋人ムーブの一環《いっかん》で、抵抗するのはおかしい。

そう諌《いさ》めるような声音に、俺は素直に従ってしまった。

追って十色が、俺の隣《となり》に勢いよく横になる。ギシンとベッドのスプリングが軋《きし》んだ。柔軟剤《じゅうなんざい》だろうかシャンプーだろうか、女の子らしい柔《やわ》らかな香りがふわりと舞う。

俺は若干下を向き、十色は上目遣《うわめづか》いで、お互《たが》いの視線が絡《から》まり合った。

沈黙《ちんもく》が流れた。

距離《きょり》にして約一〇センチ。十色の揺《ゆ》れる吐息《といき》が、俺の唇に当たっている。相手の身体に触《ふ》れてしまいそうで、身動きができない。

——待て、何を言ってるんだ。別に十色と身体がぶつかるくらい、どうってことない。小さい頃から何度も、手を繋《つな》いで、おんぶもして、一緒にお風呂《ふろ》にも入って……。

いや、違《ちが》う。昔と今は同じではないのだ。こちらを捉《とら》え映しだす大きな瞳から逃《に》げるように、俺は視線を下げた。すると、なだらかに膨らんだ彼女の胸に目が留《と》まる。学校の制服を着ても浮かび上がって見えるのは、中々のサイズだと猿賀谷《さるがや》に聞いたことがあった。

まじまじと見てしまったあと、慌てて目を逸《そ》らす。すると今度はどこを見ればいいか、視線のやり場に困ってしまった。

ダメだ。俺がいくら子供の頃と変わらず接しようとしても、幼馴染《おさななじみ》の女の子はいつの間にか女性に、決定的に成長している。

――いやいやでも、相手は十色だぞ？　俺は何を考えて……。

俺が一人パニックになりかけていると、十色がふっと息を漏《も》らした。

「はい、ここまで！　正市、顔真っ赤だよ？」

ぱちっと小さく手を鳴らし、十色は身体を起こす。

「こ、ここまで？」

「うん、ここまで。予行演習的な？　……あれ、もしかして正市、何か期待してた？」

唇に指をあてながら、にやりと笑う十色。

対して俺は、寝転《ねころ》がったまま。全身がへにゃへにゃと脱力していく。

冗談、だったのか？

一昨日のデートのときもそうだったが、十色にはどうもこちらをからかう余裕《よゆう》があるらしい。恥ずかしくないのだろうか。

俺は密《ひそ》かに安心すると共に、なんだか無性《むしょう》に悔《くや》しく思ってしまう――。

☆

――ヤバい、普通に恥ずかしい……。

お互い見つめ合っている間、わたしは動揺が顔に出ないよう取り繕うのに必死だった。頬の内側がかぁっと熱くなってくるのを、ずっと感じていた。

正直、パンツを見られたときからかなりヤバかった。が、まぁパンツくらいなら、そっけない返事をしつつまだ耐《た》えられる。そこらの高校生カップルよりは、きっとお互いの下着も見慣れている。

だけど、一緒にベッドで横になり見つめ合ってからは、緊張《きんちょう》が止まらなかった。だってそれはもう、幼馴染の域を越《こ》えた行為《こうい》だ。あまり表情に出ないタイプでよかった。こちらからこの状況《じょうきょう》に持ちこんだのに、恥ずかしがっているのがバレたら余計死ねる。

口では強がってマウントを取ろうと頑《がん》張《ば》っていたけれど、精神的にもう限界だった。わたしは立ち上がって制服のよれを直しながら、こっそり深呼吸をして呼吸を整える。

――平常心、平常心。

多分、本物のつき合いたてカップルにとって、パンツが見えた見られたはもっと重大なことなのではないだろうか。そのあとドギマギ気まずい空気になったり、ちょっとエッチな雰囲気《ふんいき》になったり……。それにつき合いたてじゃなければ、「その先」みたいなことは当たり前にしていると聞いたことがある。

じゃあ、正市とわたしは——幼馴染として腐《くさ》れ縁《えん》のようになっているわたしたちは、どうなんだろう。

無性に気になって、なぜか今確かめておかなければならない気がして、恋人っぽい展開を想像して実践《じっせん》してみたんだけど……。

——ちゃんと、ドキドキした。

近くで横になると、身体の大きさの違いがよくわかる。意外と肩幅《かたはば》が広い。もしこのまま抱きしめられたら、わたしの身体は彼《かれ》の胸の中にすっぽりと納まってしまいそう。

そういや、この前のデートで手を繋いだときも、めちゃくちゃ男の子っぽい手をしてた。男の子っぽいというか、男らしい？　大きくて、ちょっとごつごつしてて、温かい。

その手を握ったとき、ちょっとびっくりしたのだ。昔と全然違っていたから。正市も成長してるんだって、なぜか感心してしまった。

もちろんわたしだって、正市と一緒に成長している。おっぱいもお尻も、大きくなった。

正市も、わたしの身体を見て、成長したなぁなんて感じることがあるのだろうか。

考えると妙《みょう》にそわそわして、わたしは小さく身じろぎをした。

——ダメだダメだ。

わたしたちのこの関係は、本物ではないのだ。

「ほらほら、わたしも一緒に買い物行くよ！　全部奢ってもらうのも悪いしね」

未だベッドでぐったりしている正市に声をかける。少しからかいすぎたかもしれない。

いけないことだったかな。

気づいていなかっただけで、いつの間にか自分たちは心も身体も成長している。

だからこそ、今のような関係でこんなおふざけをしてはいけないと、わたしは密かに反省をした。

〈7〉偽装が前提の告白

四一分、三九秒。

俺のクラス一年一組の教室では、黒板の上の壁掛《かべか》け時計の針がその時間を示すとき、授業終わりのチャイムが鳴り響《ひび》く。

校内チャイムは毎時間四〇分きっかりに鳴っているのだが、教室の時計が少しだけズレているのだ。入学して約三ヶ月も経つと、そんなくだらない知識まで身につくものである。

つまらない授業のときは、時計の秒針がその時間を示すまでじっと目で追い、脳内でチャイムまでのカウントダウンをしてしまう。もし俺に友達が多ければ「今っ！」なんてチャイムの鳴る時間を当ててドヤ顔し、ウザがられていたところだっただろう。

六限目、授業時間は残り二分。

俺はぼんやり時計を眺《なが》めながら、このあとどうしようかと考えていた。

今日、十色《といろ》は放課後何か学校で用事があるらしい。

それが終わったら家に行くとは言われているが、久しぶりの一人の下校である。

本屋で新刊のチェックをしようか、駅前のカードショップに足を伸《の》ばそうか、それとも真《ま》っ直ぐ家に帰って最近できていなかったノベルゲームを進めようか。

……やりたいことはいっぱいあるはずなのに、なぜかどれもパッとしない。

ここ数週間、ずっと十色とすごしていたせいで、いざ一人になってみると何をすればいいかわからなくなっていた。

三、二、一。予定通りチャイムが鳴る。

俺の通っていた中学では一日の終わりに担任が連絡事項《れんらくじこう》を話すＳＨＲ《ショートホームルーム》なんてものがあったのだが、名北高校《めいほくこうこう》ではそんな時間は設けられていない。その代わりではないが、授業終わりに全校生徒で掃除《そうじ》をすることになっており、各自割り当てられた清掃《せいそう》場所を綺麗《きれい》にしてから部活に行ったり帰ったりする流れになる。

まぁ、一旦家に帰り、あとは気分に任せて行動してみるか。ベッドに寝転がってスマホをいじったり、目についた漫画を手に取って読んだり、それに飽《あ》きた頃にゲームを起動させてみたり。目的のない自由な時間は、それはそれでなんだか心が躍《おど》る。

そう考えつつ、俺は担当の階段掃除に向かった。同じ班のテニス部連中が箒《ほうき》を掃《は》く手を止めて雑談に興じているのを横目に、俺は素早《すばや》く床を掃いていく。といっても、俺の掃除も適当なので、別にサボっている連中を責めるつもりもない。

掃除の時間なんてそれなりにこなして、さっさと帰るに限るのだ。

＊

箒をロッカーに仕舞《しま》い、架空《かくう》の羽根を伸ばし羽ばたかすような気分で昇降口《しょうこうぐち》へ。靴《くつ》を履《は》き替《か》え、外に出たときだった。

「ん？」

目の前を早足に通りすぎる、よくよく見知った姿があった。

「……十色？」

俺《おれ》の仮初《かりそめ》の彼女は、リュックを背負って帰りの準備万端《ばんたん》であるにもかかわらず、なぜか北校舎の脇《わき》の道を裏庭の方へと歩いていく。

学校で何か用事と聞いていたが……裏庭でいったい何があるんだ？

迷ったのは五秒ほどだった。俺は少し離れた後姿につま先を向けていた。

十色は急いでいるようで、俺は小走りで後をつける。

昇降口前のロータリーを抜《ぬ》け、レンガ造りの花壇《かだん》の前を通過、十色の歩いていった校舎脇に差しかかる。そのまま進んで建物の角までやってきたところで、俺は壁《かべ》に背をつけ、そっと首だけ出して角を曲がった先を覗きこんだ。

十色と、見知らぬ男子が向かい合っていた。

「えっ」

俺は思わず声を漏らしてしまう。

ただ、理解が追いつかないうちに、今度は背後から何者かに腕《うで》をぐいっと引っ張られた。

びっくりして振り返ると、そこにはウェーブした金髪《きんぱつ》。

「な、中曽根《なかそね》？」

俺が声を発した瞬間《しゅんかん》、中曽根が口元に人さし指を立てながらキッとこちらを睨《にら》んでくる。静かにしろということだろう。それから彼女は俺の前へ回りこみ、さっき俺がしていたのと同じように裏庭の方を首だけで覗き始めた。

中曽根も、十色に放課後用事があることを知っていたのだろうか。俺と同じように、盗《ぬす》み見をするつもりらしい。

狭《せま》くなったが、仕方ない。追い返されないだけマシだろう。

先程《さきほど》一本立てられた指が中指に変わらないよう、俺は手の甲《こう》を口元に当てて息を潜《ひそ》めつつ、中曽根の肩越《かたご》しに裏庭の光景に目を凝《こ》らした。

相手は誰《だれ》だろう。見たことのない顔だ。思わず視線を相手の頭上にやってしまうが、もちろん名前表示なんて出ていない。このゲーム脳……。

　ネクタイの色から、二年生の先輩《せんぱい》らしいことはわかる。整髪剤《せいはつざい》でセットされた明るい短《たん》髪《ぱつ》に、服の上からでも筋肉がわかるがっしりとした身体つき。制服の着《き》崩《くず》し加減からチャラさを感じるが、同時に何かスポーツをやっているような爽《さわ》やかさを醸《かも》し出している。ザ、リア充《じゅう》って感じの男だった。

　なぜ、十色があんな仕上がっているマッチョと一緒にいるのだろう。

　その答えは、すぐに明らかになった。

「オレ、結構モテるんだけど、どうかな？」

　どうやら先輩が、十色に告白しているらしかった。

　対して十色は黙《だま》って先輩の顔を見つめている。そして、ゆっくりと目を伏《ふ》せた。数秒、何か思案するような間を置いて、瞼《まぶた》を開く。

「ごめんなさい。わたし、そもそも先輩のこと知らないし、どうして先輩がわたしに告白してきたのかもわからないです」

　ばっさりと、見事なお断りだと思ったが……、

「いい質問じゃないか。君は明るく綺麗だ。校内でもよく目立っており、名北《めいほく》の生んだ奇《き》跡《せき》と二年の間でも噂になってる。彼氏《かれし》がいるとかいないとか、そんな話を聞いたけど、俺

にしとけよ。俺となら校内公認《こうにん》のお似合いカップルになれると思うぜ？」

なんと先輩が食い下がった。

どうも相手は彼氏の存在なんて関係なしに、告白してきたようだ。どれだけ自信家なのか。脳まで筋肉で加工されているのだろうかと疑ってしまう。

そしてそんなやり取りを前に、俺は無性に胸の奥《おく》がむずむずする感覚を味わっていた。

「……先輩が見ているのは、本当のわたしじゃないと思います。あと仰《おっしゃ》る通り彼氏がいますので、ごめんなさい。失礼します」

そう言って十色が踵《きびす》を返そうとするも、先輩が「待てよ」と引き留める。

「聞いたぞ？　地味でひょろっちい男なんだってな、彼氏。そんな奴《やつ》より、俺にしとけよ」

まるで烈火《れっか》の如く、脳髄《のうずい》の奥がかあっと熱を持った。反射的に口がぱくぱくと動いたが、何も声にならない。胸のむずむずはピークなのに、足は一歩も動かなかった。

そんな俺の視界の端《はし》で、飛び出していく影《かげ》があった。

「あんたは、十色の何を知ってんの？」

裏庭に躍り出た中曽根は、上級生の先輩に向けて堂々とすごむ。

「相手のことを噂で聞いただけで告白してきたの？　軽薄《けいはく》にもほどがあんね」

十色はぽかんと口を開けていた。その視線が、中曽根が飛び出してきた校舎の角へと向けられる。やばい、と思ったが間に合わず。十色が俺の姿を見て、ハッと目を大きくする。

「ていうか、フられてるんだから早く退《ど》いてどっか行きなよ。しつこいし。十色はウチの憧《あこが》れなんだから、あんたみたいなのに汚《よご》させない」

先輩は何か言いたげにしていたが、中曽根の剣幕《けんまく》に押《お》され渋々《しぶしぶ》といった様子で回れ右をした。北校舎の反対側へと抜けるつもりなのだろう、裏庭の奥へと消えていく。

そして先輩が離れたところで、先に口を開いたのは十色だった。

「うららちゃん……あとつけてたの？」

「げ」

「ちゃんと何があったかあとから報告するから、ついてこないでって言ったよね」

「いやー、あー、たまたま通りかかったら十色の姿が……」

「無理があるよ、その言い訳は」

どうも中曽根は、十色が裏庭で告白されることを元々知っていたようだった。その上、ついてくるなとも言われていたらしい。約束を破ったことを咎《とが》めるような目を十色に向けられ、先輩と相対していたときの威勢《いせい》はどこに行ったのか、身体を縮こまらせる。

「だって、心配だったんだもん」

そして、口を尖らせながらそう言って、素早く回れ右をする。逃げるつもりらしい。

小走りでこちらに戻《もど》ってきて、通りすぎざまだった。

「なんであんたは黙ってたの？　それでいいの？」

風に巻かれた小さな声が、俺の耳に届いた。

俺は何も発せなかった。だから続けて、中曽根が言う。

「もし本当につき合っているのなら、あの子を幸せにする義務があるのよ」

そんな言葉を残し、去っていく。

間を置かず、十色が駆《か》け寄ってきた。

「あー、逃げた。ほんとはお礼言いたかったんだけどな……」

「……ほっといていいのか？」

「そだねー。わたしは別に怒《おこ》ってるわけじゃないんだけど、あの子ああ見えてそんなに気が強いわけじゃないし、明日には謝《あやま》ってくると思う。てかむしろ心配かけたわたしの方が悪いし、こっちも謝って手打ちかな」

「なるほど……」

中曽根が、気が強くないとは……。先程上級生に向かっていく様を見てしまったあとでそんなことを言われても、説得力がない。まぁ本当に仲のいい、気を許し合った間柄《あいだがら》でなければ見られない一面があるのだろう。

「てか、正市《まさいち》はどうしてここに?」

「いや、それがこっちを散歩してたら偶然《ぐうぜん》――」

「君たち言い訳へたくそか!」

誤魔化《ごまか》すこともできず、俺は十色を見かけ、つい後をつけてしまったことを白状する。

「まぁ、隠《かく》してたわけじゃないし、いいんだけどね。同じクラスの子に相談があるって言われて裏庭に行ったら、あの人が待っててびっくり。わたしを呼び出すよう頼《たの》まれたんだろね。面倒《めんどう》なのに時間取られちった」

一緒《いっしょ》に帰ろっか、と十色に言われ、俺は頷《うなず》いた。

校門を出て、俺たちはいつも通り肩《かた》を並べて歩きだす。しかし、心なしかいつもより歩くペースは緩《ゆる》め。しばし沈黙も続き、どこか気まずい空気が漂《ただよ》っていた。

「……十色さ、さっきの先輩」

「ん?」

俺はぽつっと口にした。

「断ってよかったのか?」

それはさっきから気になっていたことだった。

「え、告白をってこと?」

　十色に訊ね返され、俺はこくこく頷く。

「やー、ないね。あの人、わたしが校舎裏に着いたとき、一人で屈伸《くっしん》してたんだよ？　で一言目が、『ストレッチはいいぞ？　筋肉とのスキンシップだ』って。きっと変人だよ」

「なんじゃそりゃ。目が合ってモンスターバトルを始める前の一言みたいだな」

「あー、それわかる！　筋肉マニアの先輩が勝負をしかけてきた、みたいな」

「そうそう。ならバトル後は、『クールダウンは筋肉との信頼《しんらい》関係を築くため』とかか？」

　それを聞いて、十色がくすくすと笑う。すぐに同じゲームを想像してくれたことが嬉《うれ》しくて、俺も自然と頬を緩めていた。若干《じゃっかん》気まずかった空気が晴れていく。

「しかもねぇ、あの人、筋肉キャラ担当にはあるまじき、煙草《たばこ》のにおいがぷんぷんしたんだよねぇ。その時点で無理かな。わたし不良はお断りだから」

「マジか。なんとも言えないキャラブレだな。自己矛盾《むじゅん》というかなんというか……」

　十色との会話はいつも通りだ。そう思うと、なんだか腹の底から緊張が解けていくような感覚を覚えた。

　しかしそれでも、胸の底にこびりついたもやもやは、中々消えてはくれないようだった。

＊

その日の晩、俺は灯《あか》りを消した暗い部屋でベッドに仰向《あおむ》けになり、スマホのハンズフリー機能で電話をしていた。

『そうだなぁ、正市。お前さんの想像通りだよ。言い方は悪いが、あんな奴でイケるんだったら俺でも——なんて会話をしてる男子は、確かに多い』

ゲームもつけておらず静かな室内に、猿賀谷《さるがや》の声が反響《はんきょう》する。

「……やっぱりそうか」

『そうだな。敢《あ》えてお前さんに言うことでもないと思って黙っていたけれど……。例えば二組の春日部《かすかべ》とか。十色ちゃんが気になってるって仲間に話してるらしい』

「ん？　春日部って確か、ウチのクラスの楓《かえで》？　とつき合ってるんじゃなかったっけ」

楓、とは十色のグループにいる女子の一人だ。よく下の名前で十色が話すので、苗字《みょうじ》がぱっと浮かばない。

『つき合ってはないな。楓ちゃんは本気だけど、春日部の方が若干チャラい系で、女子をとっかえひっかえ遊ぶ感じの奴なんだ。ま、そんな奴からも目をつけられてるってこった』

俺はつい唸《うな》ってしまう。友達の好きな相手からの告白なんて、十色が一番避《さ》けようとしていることだ。惚れた腫れたのトラブルが嫌《いや》で、俺に偽装カップルを依頼《いらい》してきたのだ。

『相談事にはいつでも乗るぜ？　情報はそこそこ持ってると自負しているからな』

そう猿賀谷が締《し》めくくり、電話が終わる。

部屋が静寂《せいじゃく》に包まれた。

放課後、十色と一緒に帰宅し、少しだけゲームをして晩ご飯前に別れた。しかしその日は一人だと何もやる気が起きず。ご飯のあとは漫画《まんが》を読んでいたが集中できず、横になって壁のアニメポスターをぼんやり眺めていたが、やがて電気も消してしまった。

何をしていても、頭の中を巡《めぐ》るのは十色のことばかりだった。

仮初とは言え、自分と十色がつき合っていることを、なぜ疑われ、軽視され続けるのか。

俺は薄々《うすうす》、いや概《おおむ》ね、その原因に気づいていた。

認めよう。

そもそも俺と十色は、スクールカーストでいえば天と地。その立ち位置的に恋人《こいびと》として釣《つ》り合っていない。幼馴染という情報は隠しており、十色のオタク趣味《しゅみ》も非公開であることから、俺たちの共通点は探しても見つからない。そんな二人がなぜつき合っているのか、違和感《いわかん》が拭《ぬぐ》えず疑っている生徒が少なからずいる。

そして今日、実際に十色に告白してくる者が現れた。十色が避けようとしていた事態だ。偽物の彼氏を作って予防線を張っていたにもかかわらず、相手はその存在を無視して十色に接触《せっしょく》してきた。

自分は役に立てていない。十色をまた困らせることになってしまう。どころか、地味で根暗な自分が、明るくみんなの中心として輝《かがや》いている彼女《かのじょ》の足を引っ張ってしまっている。

――もし本当につき合っているのなら、あの子を幸せにする義務があるのよ。

そう中曽根に言われた際、その言葉がずんと心にのしかかるような感覚を覚えた。

ダラダラとした腐れ縁の延長の、仮初カップルの関係は正直嫌《きら》いではない。居心地《いごこち》よく思っている。しかし、これを続けていればいずれ、取り返しのつかない問題が発生してしまうかもしれない。

今の俺には彼女を幸せにできる自信なんてなかった。

コンコンとノックの音がした。

俺は不思議に思って身体を起こす。こんな時間にいったい誰だ？　母さんは耳を澄《す》ませば皿洗いをしている音が聞こえるし、父さんはまだ仕事から帰ってきていない。

星里奈《せりな》？　いや、あり得ない。あいつがノックのノの字も知らないのはよく知っている。

まさか……十色……？

「……はい」

俺が不審《ふしん》に思いながら短く返事をすると、カチャッとドアが開かれる。廊下《ろうか》の灯りを背

に、顔に暗い影を作ったその人物は、

「あたしだよ」

「お、お前……」

まさかの大穴、姉の星里奈だった。

「そんなに驚くことないだろ。同じ家に住む人間が訪ねてきたくらいで」

星里奈はドア横のスイッチで灯《つ》りを点け、部屋の中に入ってくる。風呂上がりなのだろう、湿《しめ》った髪《かみ》からトリートメントの花の香《かお》りを漂わせ、首にはタオルをかけている。

「いや、まさかお前だとは思わなかった。ノックなんてどこで習ったんだ？」

「は？　あんた喧嘩《けんか》売ってんの？　ノックくらい余裕でするし、バカにすんなし」

「……まぁ、ノック二回はトイレで在室確認《かくにん》するときの回数なんだけどな」

「あ？　細かいことうるさいなぁ、せっかくきてやったのに。トイレみたいなもんだろ、こんなとこ。臭《くさ》いくさい」

「臭くねぇよ。だいたいお前は便器もないトイレになんの用なんだよ」

俺と喋《しゃべ》る間、星里奈はどっかりと俺のベッドに腰《こし》を落としてきた。対して俺は弾むように立ち上がって距離を取る。すると星里奈がじろりとこちらに目を向けてきた。

「弟がしみったれた顔してたからわざわざきてやったんじゃねぇか」

「しみったれた……？　お前には関係ないだろ」

「あるんだよなぁ、晩ご飯がまずくなる」

確かに今日は、晩ご飯の間も十色のことで悩《なや》んでいた。表情や雰囲気に出てしまっていたかもしれない。姉はそれが気に障《さわ》ったようだった。

「とろちゃんだろ」

続けて星里奈が口にする。俺が「別に」と答えると、星里奈はふっと鼻で笑った。

「わかるから、そんくらい。何年姉弟《きょうだい》やってんの。あんたらカップルよりは歴長いよ」

わかる、らしい。本当に当たっているので質《たち》が悪い。俺は何も言い返せない。

「ま、あんたがそこまで真剣《しんけん》に悩むっていや、あの子のことくらいだろうしね。他のことでストレス抱《かか》えるような性格じゃないでしょ。悩むくらいなら、それを避けて通る。だけど、それでも捨てられない存在が、あの子」

ストレスを抱えない性格なのは、星里奈も同じだ。ただし決定的に、その対処法が違う。俺がストレスの源になりそうなものは断《た》ち切って関わらないようにしているのに対し、姉はそのストレスの原因と正面からぶつかって解決していくタイプだ。

とは言え、根っこのところが同じなので、俺たち姉弟はお互いが考えていることがなんとなくわかるのだ。

「十色、だとしても、お前には関係ない。これは俺自身の問題だから」

俺がそう言うと、星里奈は「ふーん」と目を細めながら俺を見る。

なんと返されるか、俺はこくりと唾《つば》を飲んで待った。すると、星里奈はおもむろにベッドから立ち上がる。

「……ま、好きにやってくれたらいいんだけど。あんたらの問題と言われちまったら、あたしが首を突っこむと変なことになっちまうかもしれない」

そう話しながら、ドアの方へと戻り始めた。

言われなくても好きにする。そう俺が考えていると、星里奈が振《ふ》り返る。

「ただまぁ、一つ言えるのは、大事なのは自分の気持ち。自分が本当はどうしたいかだ。それを大事に、その気持ちだけは裏切らないように」

気になるので進展を聞かせるようにと言い置いて、星里奈は部屋を出ていった。元のように電気も消され、俺は再び暗い部屋に取り残される。

こんな助言を姉からもらう日がくるとは思っておらず、俺はぽかんと口を開けていた。

やがて小さく、ため息をつく。

自分が本当はどうしたいか——、か。

結局、俺には十色の彼氏役なんて務まらなかったというわけだ。俺とは違いあのぐーたら娘《むすめ》は、知らぬ間にしっかりと来海《くるみ》十色という人間を磨《みが》いていた。何もしてこなかった自分がその隣に並び立とうなんて、そもそもおこがましいことなのだ。

……これ以上、彼女に迷惑《めいわく》はかけられない。

カーテンを透《す》かす月明かりを眺めながら、俺はしばらく考えていた。やがて居ても立ってもいられなくなり、俺は部屋着のまま外に出た。

＊

日中温まったアスファルトの熱気が溶《と》け出したような、生ぬるい夜風が吹《ふ》いていた。

メッセージを入れると、十色はすぐに気づいて外に出てきてくれた。スマホでゲームでもしていたのだろうか。玄関《げんかん》から現れた十色は、部屋着のジャージ姿。寝転がっていたのか髪はぼさぼさだったが、俺の視線に気づいたのかすぐに手櫛《てぐし》で直し始める。

「どしたのどしたの？　こんな夜中に？　急に愛《いと》しの彼女に会いたくなっちゃった？」

「彼女、（仮）な。いや、ちょっと話があって」

「……話？」

十色の瞳《ひとみ》に少し不安げな影が揺れた気がした。庭を抜け、門扉《もんぴ》を開けて道路に出てくる。

俺は彼女の顔を見ながら、すーっと小さく息を吸い、吐《は》いた。自分の部屋でぐるぐる考え続けていたことを、ゆっくりと話しだす。

「やっぱり俺が彼氏のフリなんかしてると、お前に迷惑をかけると思うんだ……」

自分と十色では学校での立ち位置が違いすぎる。このまま一緒にいると、俺が足を引っ張って十色の評価を下げてしまう。友達にも変な疑いをかけられ続けるだろう。そんなことを、言葉を選びえらび伝えていく。

「うーん。わたしは別に気にしてないよ？　根暗だ地味だ言われても、正市は正市だし、そんな正市と一緒にいるのは楽しいし。偽装カップルだって正市が正市だから頼んだんだ」

十色がそう言ってくれることは、素直《すなお》にありがたい。ちょっとじーんとくるものがある。

しかし、だからといって、ただのお荷物状態を続けるわけにもいかない。

「てことで、正市も気にしなくていいんだよ。ごめんね、変なことに巻きこんじゃって」

そんな十色の優《やさ》しい声に、俺は首を横に振る。

十色が仮初の彼氏の俺に、何をどこまで求めているのかはわからない。幸せにしてほしい、なんて気持ちはさらさらなく、ただ単純に男避《よ》けとして一緒にいてほしいだけなのかもしれない。

それはっかりはいくら考えてもわからなかった。だから――。

「ここからは、完全に俺の気持ちだ」

俺はそう前置きをした。十色がこくんと喉《のど》を動かす。

汗《あせ》ばんだ手の平をぎゅっと握《にぎ》りこみ、俺は口を開いた。

「――俺は、お前の隣に堂々と並び立てる存在でいたい。十色に、ふさわしい男になりたいんだ。だから……俺を、お前の立ち位置まで引き上げてくれ」

悩み迷い、最後は俺が本当はどうしたいか考えたとき、浮かんできた答えがこれだった。

十色が俺にどこまでを求めているかはわからない。だけど俺は、十色のためにできることはやりたいと思っている。幸せにしてほしいなんて思ってないかもしれないけど、俺はできるなら幸せになってもらいたいと思っている。

この頼みは、完全に俺から十色への一方的なお願いだ。

「わ、わたしにふさわしい男？」

十色がきょとんとしながら俺の言葉を繰《く》り返す。

「そう。彼氏として、ふさわしい男。見た目とか、立ち振る舞《ま》いとか。学校でここまでの地位を確立した十色から教われば、俺も少しはマシになるかなって……。も、もちろん恋人ムーブ遂行《すいこう》のためだぞ！」

言っていて、急に恥《は》ずかしくなってきた。俺は顔の熱を感じながら、慌《あわ》てて言い添《そ》える。

「こ、恋人ムーブのためっていうのはわかるけど。でもいいんだよ、正市はこのままで。わたしが正市のことをわかってれば、いい話なんだよ」

「いや、それじゃダメだ。カップルとしての俺たちから周りが感じている違和感は、なんとか払拭《ふっしょく》しておかないと。こんな詮索《せんさく》される日々の中、いつまでも安寧《あんねい》が続くとは思えない。この真園《まぞの》改造計画は今やるべきだ」

これは俺と十色が今後一緒にいるための作戦でもあるのだ。

カップルとして周囲に認められ、堂々と仮初カップルを続けながら二人で遊んでいたい。

それが俺の願いだった。

そして、もしそうなれば、今日の放課後先輩と十色が話していた際に感じた胸のもやもやも、解決されるのではないだろうか。俺は薄々、そんなことも考えていた。

「俺を、十色にお似合いの彼氏にしてください」

そう言って俺は、改めて十色の正面に向き直り、頭を下げた。

☆

わ、わたしにふさわしい男？　隣《となり》に並び立てる？

急にそんなことを言われ、脳内はパニックだった。

な、なんなのそれ、ほぼ告白じゃん。や、でも、仮初の彼氏という前提があるから違うのか？　なんだか無性にこそばゆい。

帰り道、それから正市の部屋でのゲーム中、今日は元気がないなーと思っていたが、やはり一人でいろいろ悩んでいたみたいだ。

確かに正市はクラスでは目立たない方だし、女子からモテるタイプでもない。わたしとは、教室内の居場所もはっきり言って違う。つき合っていると公言してから、わたしを見てくすくすと笑う女子がいたりなんかもした。

それでもわたしはそんな正市が幼馴染として好きだし、ずっと一緒にいたいと思っていた。素敵《すてき》なところを、たくさん知っているから。

ただ、本人にはプレッシャーだったのかもしれない。重荷を背負わせるつもりはなかったんだけど……申し訳ないと思う。

頭を下げた正市の頭頂部。昔から変わらない、なんだか愛おしい右巻きのつむじ。思わず撫《な》でたくなってしまうその髪に、わたしはゆっくりと話しかけた。

「わたしにふさわしいなんて、大袈裟《おおげさ》だよ。わたしを誰だと思ってるの？　いつでもごろごろ、どこでもだらだら、ぐーたら女王の十色様だよ？　お似合いの彼氏って、多分枕《まくら》のことになるよ」

　自分で言うのもなんだけどな！

「いや、そんな裏の姿を持ちながらも、表向きは大勢の人に囲まれる明るい人気者だろ？　そういうところも俺の理想の姿、憧れるんだ」

　顔を上げた正市が、真っ直ぐにわたしを見て言ってきた。

　え、えぇー。

　そんな、憧れるなんて、困るし照れる。正市、そんなこと言うキャラじゃないじゃん！

　……いや、彼はそこまで真剣なんだ。

　そう考えると、ようやくわたしの表情も少し引き締まった。

「でもでも、正市やりたいことといっぱいで忙《いそが》しいでしょ？　ゲームしたりラノベ読んだり」

「オタク活動はもちろん続けるぞ？　ただ、十色が俺に指導すると言った日は、絶対に時間を空ける。どれくらいの頻度《ひんど》でも長さでもいい。俺はその他の空いた時間で、全力でオタク活動をする」

「そ、そうか。なるほど……」

　なんて強い意志だ。

　退《ひ》く気はないと言われているようである。

……わたしにふさわしい男になる、か。

そもそもわたしが何様なんだって話だけど、正直そう言われて嬉しかった。ぶっちゃけかなりドキドキした。変わろうという覚悟《かくご》を持ってこうして直接相談しにきてくれているところは、中々かっこいい。

ていうか、わたしがプロデュースするってことは、わたし好みの男の子になるってことじゃん！

典型的なオタクファッション、重たい黒髪《くろかみ》、インドア派でこれまでゲームや漫画などにしか興味を示さなかった正市が？

考えると、ちょっと楽しみになってきた。

「ありがとね、こんなわたしにつき合ってくれて。やるからには責任持って、絶対に正市を誰にもバカにされない男にしてみせる。ついてこれる？」

「オタクはな、興味さえ向けばとんでもない凝《こ》り性《しょう》なんだ。やってやる」

わたしが拳《こぶし》を突《つ》き出すと、正市がグーにした手をぶつけてくる。二人して、にやりとした笑《え》みを浮《う》かべた。

こうして、わたしたちは偽装カップル大作戦に付随《ふずい》させ、正市改造計画も遂行させることとなったのだった。

思い返すと、めちゃくちゃ恥ずかしい。

十色《といろ》にお願いをしたあと、部屋に戻った俺は、ベッドのシーツに顔を埋《うず》めて一人で「ううう」と唸ってしまった。

何が、俺を十色にお似合いの彼氏にしてください、だ。

思い出すだけで顔が熱くなり、全身が痒《かゆ》くなる。

あの十色へのお願いは黒歴史確定レベル。今後俺の弱みとして代々語《かた》り継《つ》がれないことを祈《いの》るしかない。

ただ、今すぐにでもデリートしたい記憶《きおく》だが、忘れてはいけない情報もあった。あのあと、俺たちは立ち話のままこれからの計画を話し合ったのだ。

——最終目標は、俺が十色に釣り合う男だと周りに証明すること。

それに向けて、俺たちは最初の決戦の場を翌月の始めにある校外学習に定め、準備を進めることにした。

校外学習は、名北高校《めいほくこうこう》の伝統的行事だ。生徒は私服で登校し、バスで県北の大きな自然公園へ。そこで遊んだり話したり自由な時間をすごすことになっている。参加するのは一年生で、少し学校に慣れ始めた新入生たちの親睦《しんぼく》を深めるためのイベントだそうだ。

「急にイメチェンして登校しても、なんだあいつ？ってなるじゃん。初めて私服でみんなの前で登場するときに、あれ、あいつあんなイケてた？って思われるのがベストだと思うんだ。意外とね、男子高校生なんて学校で幅利《はば き》かせてても私服見るとダサいって子多いよ？　その中でちゃんとしてれば、一気に見る目は変えられると思う！」

校外学習をステージ選択《せんたく》してくれたのは十色だった。

俺は基本的に十色の提案に従い動くつもりで、ふんふん頷きつつ彼女の話を聞いていた。

「その校外学習のお昼、一緒に堂々とお弁当を食べて、周囲にお似合いのカップルとして認めてもらう。その中で、友達には改めて正市《まさいち》が彼氏って紹介《しょうかい》できればいいかな」

「わかった。Xデーまではあと二週間ほどだな。それまでに準備をしないと」

「よし、正市。そうと決まれば明日に備えて早く寝《ね》るよ！」

「おう、そうだな！　別に早起きするわけでもないけどな！　でも寝よう！」

さっそく翌日の放課後から準備を始めることにし、俺たちはなんだか高揚《こうよう》した気分のまま、お互《たが》いの家に別れたのだが……。

三〇分後、冷静になった俺はベッドに突《つ》っ伏《ぷ》したというわけである。

＊

そして翌日の放課後、さっそく十色のリア充《じゅう》指南が始まった。

いったいどんなことをするのかと思っていると……。

俺の部屋にきた十色はいそいそと、鞄《かばん》から凶器《きょうき》を取り出した。

「待てまてまて、そいつで何する気だ！」

「ん？」

十色がきょとんとした顔で首を傾《かし》げる。

「十色さん、いったんその刃物《はもの》を置こうか」

俺が指をさすと、十色も手に持つハサミに目を落とす。

「あー、やっぱりまずはカットからかなーと」

「カット？」

「散髪《さんぱつ》だよ散髪。あんまり関《かか》わりのない誰かを人が判断するときって、まずは見た目だからね。大事なのは清潔感。服の皺《しわ》とか肌《はだ》の脂《あぶら》とかもそうだけど、まずはそのもっさりした髪型《かみがた》からなんとかしようか。ていうか正市、伸《の》ばしすぎでしょ」

どうやら十色は俺《おれ》の髪を切るためにその凶器を構えているらしい。

「髪は伸ばしてからまとめて切った方がいいだろ？　何回も行くと散髪代《さんぱつだい》かかるし、一回で切った方が時間もかからず合理的だ」

そう俺が言うと、十色が「うえー」と眉《まゆ》をひそめる。

「な、なんだよ……」

「そのもっさり頭は暑苦しいし、ちょっと不潔。絶対さっぱりさせなきゃ」

「なるほどな……。まぁ、髪を切るのはわかった」

元より特に反論をするつもりもなかった。確かに伸びてきてるなとは思っていたし、今の髪型にこだわりもない。

「さっぱりさせればいいんだな？」

「うん！　わたしが今から切ったげるよ。梳《す》きバサミも持ってきたんだ。下に敷《し》く新聞紙かなんかないかな？」

「わかった。ちょっとそっちのスマホ取ってくれ、散髪の予約する」

「幼馴染《おさななじみ》なのに意思疎通《そつう》ができてない⁉」

……いやぁ、だって怖《こわ》いんだもん。十色さん、ゲームのプレイも雑なこと多いし。

「大丈夫《だいじょうぶ》？　ばっさり切られてハゲちゃわない？　勢いあまって頭までいっちゃわない？」

「わたしにハサミ持たせるのが不安って？　こう見えてもセルフカットでちょいちょい髪型いじったりしてるんだよ？　正市は気づいてくれたことないけどねぇ」

言って、十色は冗談《じょうだん》っぽく笑みを含《ふく》んだ表情で頬を膨《ふく》らませて見せてくる。恋人ムーブが疎《おろそ》かだと言いたいのか。

「それに散髪行ったらお金かかっちゃうし。また服とか買いに行かなきゃなのに、こんなところで軍資金減らせないでしょ」

確かに、お金の余裕《よゆう》はあまりない。オタク活動の資金を今回の計画に回そうとは考えているが、リア充的な外面になるためにはいったいいくら必要なのか想像がつかない。なので、削《けず》れるところは削っておきたかった。

「安心して任せてくれたらいいよ。安くしとくし」

「いやお前が金取るのかよ」

「冗談じょうだん」

わーわー言い合っているうちになんだかんだ押しきられ、俺は自室の床《ゆか》に新聞紙を準備した。制服からTシャツに着替《きが》えてそこに正座すると、背後に十色が膝《ひざ》立ちで回ってくる。

「清潔感は出すけど、あんまり印象は変えないようにするね。イメチェン狙《ねら》ってきたって思われたくないし。さり気なく散髪して髪を分けただけだけど、こんなにさっぱりしましたって感じで。あ、でも襟足《えりあし》だけは長すぎるから、結構ばっさり切っちゃうね」

「お好きにしてください……」

最初は断頭台に上げられたような気分だったが、もう覚悟はできた。この改造計画は結局十色にかかっているのだ。俺は彼女を信じるしかない。

「よし、じゃあやるね」

そんな声と共に、十色の冷たい指が髪の間に入ってくる。何度か髪を梳いていると思ったら、指で横髪の毛先を挟《はさ》まれ、ハサミの音がゆっくりジャキンと鳴った。

恐るおそるだったのは始めの一刀だけで、それからは軽快なリズムで髪が切られていく。

ジャキンジャキン、ジャジャジャジャキン。

え、大丈夫？　切りすぎじゃない？

とてつもなく心配だが、鏡がないので確認もできない。諦《あきら》めて俺は目を瞑《つぶ》った。

しばらくすると、頭の重さから無意識に重心が前に傾《かたむ》いてしまっていた。十色が俺の頭の横に手を添えて体勢を戻してくれ、俺は目蓋《まぶた》を開きかけ――ハッとして目を見開いた。

後頭部に、何やらふにふにしたものが当たっている。びっくりして、身動きが取れない。

こ、これは、十色の……胸か？

再び前に倒《たお》れないように、十色は俺の頭を自分の身体《からだ》の方に抱え寄せたようだ。そのせいで俺の後頭部が柔《やわ》らかいクッションにちょんちょん接触している。

俺は身動きができず、固まってしまった。

服の上からでもわかる、蕩《とろ》けるような柔らかさ。初めての感触《かんしょく》だ。

普段《ふだん》十色の下着なんかが見えていたりしたときは、アンラッキースケベだ、なんて思っていたのに。

——なんで俺は、後頭部に神経を全集中させてしまってるんだ……。

しかしいくら考えてもどうしようもない。この頭は動かせない。十色も成長してるんだなぁと、謎《なぞ》の感慨《かんがい》に耽《ふけ》りながら、俺は再び目を閉じた。

すると、そんな俺の葛藤《かっとう》には気づかないまま髪を切っていた十色が、ふと手を止める。

どうしたんだ？　と思って様子を窺《うかが》おうとするが、十色に側頭部を押さえられ、後ろを向けない。そして優しい手つきで、十色は俺の頭を撫でてきた。

「正市、ありがと。わたしのわがままなお願いにここまでつき合ってくれて」

それはおそらく俺と十色の偽装《ぎそう》カップル関係について言っているのだろう。

振り返れず、十色がどんな顔をしているのかわからない。そのぽつっと呟《つぶや》かれた言葉に返事は必要か考えていると、先に十色のハサミが動きを再開した。襟足に取りかかるらしく身体を引き、胸の感触もなくなってしまう。

その後、十色はいつもの元気なトーンで世間話を振ってきた。適当な会話をしていると時間が流れ、やがて散髪も終了《しゅうりょう》する。

十色に化粧《けしょう》用の手鏡を渡《わた》され、確認。

果たして、もともともっさり長かった俺の髪はさっぱり綺麗《きれい》にまとまっていた。目にかからない程度の前髪を、癖《くせ》を活《い》かして左に流しており、ちょっと流行《はや》りっぽい感じ。全体的に梳いてくれており、野暮《やぼ》ったい雰囲気《ふんいき》は一切《いっさい》ない。かといって、劇的に長さが変わったわけでもなく、前回と比べると伸びていた分を整えたのかな、と思われる程度だろう。

完璧《かんぺき》だ。

「おお、すごいな。これが俺か……」

俺が感心した声でそう言うと、十色が「どやっ」と声に出して得意げな顔を決めた。

＊

人の見た目で重要なのは、もちろん髪型だけではない。

髪を切った翌日の放課後、俺は十色につれられ、数日ぶりの駅前のショッピングモールに足を運んでいた。

「昨日クローゼットを確認したら、外行き用の夏服、二着しか持ってなかったぞ」

もしかすると天性のミニマリストだったのかもしれない。

入口の店内地図で目的のショップを探していた十色が振り返る。

「ファッションに興味なさすぎなんだよ。一応全部写真撮《と》ってきてくれた？　使えそうな服があったら、それと合わせる感じでも選びたいし」

そう、買いにきたのは服だった。

ファッション。それはリア充方《じゆう》なら誰《だれ》しもが気を遣《つか》っているであろう部分であり、オタ充しているとどうしても蔑《ないがし》ろにしてしまうウィークポイント。

だってアプリに課金したりカードのパック買ったり漫画《まんが》揃《そろ》えたりしてたら毎月の小遣《こづか》いなんて一瞬《いっしゅん》で消し飛んでしまうんだもん……。日々なんとか、お年玉を切り崩《くず》しながらやりくりしている。そのお年玉も、もらった分を全額使えるようになったのは最近の話だ。

小さい頃《ころ》もらったお年玉は、ほとんど母さんに渡していた。『大きくなるまで母さんが貯金しとくわね』なんて言葉に、純粋《じゅんすい》な少年だった俺は元気な返事をしていた。あれ、中学生になって訊《たず》ねたら、『え、お年玉？　全部あんたのものを買うのに回したわ』なんて衝撃告白《しょうげき》を受けて、一人泣いたんだよな。詐欺《さぎ》の手口の恐《おそ》ろしさを知り人間不信になりかけた。

　ただし、今日は服に課金する旨《むね》を伝えたら、母親から特別ボーナスが支給された。どうも俺が自発的に服をほしがるのが初めてのことで感動したらしい。お年玉の還元《かんげん》先は未《いま》だ不明だが、今回は感謝しておこう。

　俺がそんなことを考えていると、目的の店の場所を確認したらしい十色が「こっちだ！」と言って歩きだす。

「興味がないってのもあるけど、服とか、どうやって選べばいいか全然わからないんだよなぁ。だから結局親が買ってきたのを数年リピートで着ちゃってる。……俺の私服ってダサいか？」

「うん、ダサダサ」

　十色が秒速で母さんのセンスを否定した。

「正市の着てる服って、基本的に全部サイズ感が合ってないんだよね。敢えてオーバーサイズのものを選んでゆるーくだぼっと着るのも流行ってるけど、正市の場合は完全に服に着られてる。ファッションの場合、大は小を兼《か》ねないんだよ。あととりあえず、いつも持ってる異様に肩紐《かたひも》の長いショルダーバッグと、お尻《しり》のポッケにチェックがついたチノパンはやめよっか。子供っぽいしね」

「あー、まぁ、言わんとすることはわかるけど。でもどんな服を着ればいいか……」

「そこはおしゃれの伝道師、信頼《しんらい》と実績の十色さんにお任せあれー」

そう言って、制服のスカートの裾《すそ》をぴらっとつまんで、恭《うやうや》しくお辞儀《じぎ》をしてみせる十色。

俺からするとおしゃれの伝道師、デフォルトがスウェットなんだが……。

エスカレーターで四階へ。

「あ、ここここ」

目的の店は、エスカレーターを囲むように大きく展開されていた。

「えっ、ここ？」

その店は誰もが知るカジュアルウェアの有名量販店《りょうはんてん》。商品価格がお手頃《てごろ》にもかかわらず着《き》心地《ごこち》もよく、俺も何枚かこのブランドのものを持っているのだが、おしゃれというイメージからは少し離《はな》れた店である。主に人気なのはインナーだと聞くし、有名すぎて他の人とかぶってしまうから着にくいと同級生が話しているのも耳にしたことがある。

俺はこの店でいいのかという問いを持って、十色の方を振り返る。

「そうそうここ。知ってるでしょ？」

「もちろん知ってるけど、いいのか？　三階じゃなくて」

さっきエスカレーターで通ってきた三階には、さまざまな系統の若者向けアパレルテナントが並んでいた。それに俺と同じ制服を着た男子たちも遠目からちらほらと見受けられ、今どきの高校生たちはあんなおしゃれっぽい店で買い物するのかぁと勉強していたのだ。

「んー、ああいう店もいいんだけど。正市ってソシャゲキャラの着せ替《か》えには夢中になっても、自分のおしゃれとかには興味ないタイプでしょ？」

人差し指を口元にあて、考えるような仕草で十色が言う。

「確かにそうだな」

別に自分の着たい服、理想のファッションがあるわけではない。今日もどちらかというと、十色と釣り合う男になるという目標の最低限クリア条件のためにここにきていた。

「じゃあ、敢《あ》えて柄物《がらもの》とか人気のブランドとかをわざわざ選ぶことはないよ。柄物とか派手なプリントTシャツとか、奇《き》をてらったようなデザインの服は、着こなすのも難しいし、ほんとにおしゃれな人しか似合わない。髪とか靴《くつ》とか肌とか小物とか。そういった全部に気を遣ってる人じゃないと、小手先感が丸わかりで逆にダサくなる。そんでぶっちゃけ、男子高校生でそこまで意識しておしゃれしてる子って、ほんとに少数かな。なんか服だけにお金をかけて満足して、その服に自分の雰囲気が追いついてない残念な感じになっちゃう。わたしたち女子の意見ね」

ふむふむ、と俺は十色の言葉に耳を傾ける。やはり十色のようなイケてる女子たちは、男子の私服なんかも細かくチェックしているようだ。この前のデートの際に、十色のお姉さんふう美人な私服姿を見ているので、説得力もある。

俺も、十色の助けがなければ、おしゃれっぽい服だけ買って、自分自身がおしゃれになったと勘違《かんちが》いしてしまっていたかもしれない。

「それに、人気ブランドの服も避《さ》けた方がいいかな。人気っていうのは、学生にってことね。学生のうちはまだみんなお金ないから、買えるブランドなんて限られてる。何人かでご飯とか行くと、だいたいがよく見るロゴがビッグプリントされたような服着てるね。それがトレンドだし服自体もよくて、好きな女の子は好きなんだろうけど、流行りものを着てるだけっていうか、ちょっと子供っぽくも見えちゃうかな。あと、初歩中の初歩に戻《もど》るけど、プリントTはプリントTでも、変な筆記体の英字がばばっと書かれたような服は選ばないように。中二感満載《まんさい》だから」

「なるほどな。女子が中々厳しめに男子の服装を見てるのがわかった」

中途半端《ちゅうとはんぱ》におしゃれに気を遣っている男子ほど、今の話を怖く感じるのではないだろうか。もういっそ俺がたまにやる、休日のお出かけも制服着用作戦が一番いいと思う。服に悩まなくていいし、休みの日でも部活帰りだと思われるので違和感はない。

だがまぁ、俺もイケてる彼氏《かれし》を演じるため、今後はそんな裏技《うらわざ》は使えなくなる。俺が悩ましい顔をしているのに気づいたか、十色がすぐに言葉を継いだ。

「そこで、さっきの最初の話だよ。別に興味があるわけでもないのに、こっちからそんなハードルの高い服を選びにいく必要はないの。無地、もしくは胸ポケットとかワンポイントロゴなんかのTシャツに、機能性のいいデニムパンツとか。シンプルイズナンバーワンなんだよ。オシャレじゃないけど、ダサくもない。むしろなんか大人？　みたいな。男子高校生、特に一年はそれができていない子が多いから、女子から見たらポイント高いよ」

「無地、シンプル……初期アバター……初期アバターコーデ？」

「言い方が悪いし。初期アバターだと下パンツだけのときあるし……」

ゲームの操作キャラが着せ替え可能な設定の場合、最初は基本的に貧相な格好をしていることが多いからな。初アイテムでシンプルな上着を手に入れたりするだけで、めちゃめちゃ嬉《うれ》しかったりする。その錯覚《さっかく》の喜びが、後のドレスアップアイテムへの課金に繋《つな》がっているのだろうか。

でもまぁそれは一旦《いったん》置いておいて、俺は少しずつ十色のアドバイスを理解しつつあった。

「ふむ。それでこの量販店ってわけか」

「そだね。ファストブランドっていうんだけど、種類が豊富で低価格だからわたしもかなり重宝してる。今だと肉厚生地《きじ》のTシャツとか、ぺらぺらじゃないからトップスとして一枚で着れて便利なんだ」

「へぇ、お前も買うんだな。俺も、このチェーン店なら何度か服を買ったことがある」

「え、正市もよくくるの？」

驚《おどろ》いたように目をぱちぱちさせる十色。

「逆にこういう店しかこないからな。店員に話しかけられたくないから」

「あー、確かにここは話しかけてこないね。わかるよ、わたしも自分でじっくり吟味《ぎんみ》したい派だから。三階のセレクトショップとか行った日は、べったりくっつかれてめちゃめちゃ疲《つか》れちゃう」

おお、と俺は思う。意外にも、十色が同意してくれた。

「わかってくれるか！　嫌《いや》だよなー。昔母さんと買い物に行って、母さんが服見てる時間、たまたま一人で男物の服屋を覗《のぞ》いてるとそういう店に迷いこんじまったんだよな。『これいいですよねー。僕《ぼく》も一枚持ってるんすよー』とか。なんでお前とおそろにしなきゃいけねぇんだよ。同じ服着て街で会ったら気まずいじゃねぇか」

「……や、まぁ、尤《もつと》もな意見だけど。そこまでの敵意はないかな」

おかしいな、完全同意とまではいかなかった。

「じゃあまぁ、ちゃちゃっと入ろっか」

言って、十色が顎《あご》で前方を示し、俺たちはひと際《きわ》明るいショップ店内へ足を踏《ふ》み入れた。

「正市は細いし、スタイル悪くないから、スキニーも似合うかなー。肌も白いし、コットンの白Tに黒スキニー、黒キャップだけブランドのワンポイントにするとイケてる感じに決まりそう。細身パンツはサイズが合うならレディース買うのが断然よくて、ふくらはぎから足首までのシルエットが締《し》まってて綺麗なの」

言いながら、ひょいひょいっとピックアップした服を俺に手渡《てわた》してくる。

「あ、でも最近はシェフパンツもいいよねぇ。抑《おさ》えたチェック柄《がら》に黒Tタックインして薄《うす》手《で》のコーチジャケット羽織ると可愛《かわい》い！　やー、けど正市が着たらファッション張りきりすぎて失敗した感じになっちゃうか？　やっぱ日々おしゃれしてる子じゃないとなー。やっぱし柄はやめとこう。あー、秋とかだったらジャケットコーデ似合うと思うんだけどなー。短丈のジャケットにぶっといパンツにブーツとか､服に着られてる感出ちゃうかなー」

「……お前、なんかすごい楽しんでないか？」

自分の買い物なのになぜか荷物持ちをさせられている感覚になりながら、俺は言った。

「え、そう？　やー、男の子の服選ぶの初めてだからさー、わくわくしちゃって。わたしの彼氏、かっこよくしてやんぞーって。あ、なんかこれもデートみたいだね！　放課後デートってやつ？」

十色は棚《たな》に挟まれた通路をあっちへ行ったりこっちへ行ったり、服を広げては畳《たた》み、俺の身体にあてがってみたり自分の身体に合わせてみたり。せわしないデートだな。

でも、オタク活動以外でこんなに活きいきしてる十色を見るの、初めてじゃないか……？

彼女《かのじょ》が無邪気《むじゃき》にはしゃいでいる姿は、嫌《きら》いではない。

「服とか好きなんだな。中学生の頃からか？」

ハンガーラックにかかった服をチェックする十色に、俺は訊ねる。

「そうだねぇ。中学入ってから雑誌とか買って勉強しだしたかな」

「ほう、勉強？」

「うん。正市と一緒《いっしょ》だよ、リア充に偽装するためのお勉強」

「それって――」

俺が話を続けかけたとき、十色が見ていたボーダーTシャツをぽんと俺が抱《かか》える服たちの上に置いた。

「よっし、じゃあ試着に行きますか！」

「試着？　一回着るのか？」

「そりゃあもちろん、服選びでデザインと一緒くらい大事なのはサイズ感だよ。ほら、ゴ

ーゴー！」

十色が楽しそうに微笑《ほほえ》みながら、俺の肩《かた》を持って押《お》してくる。

話はそのままうやむやに、俺たちは試着室へと向かうことになった。

俺が靴を脱《ぬ》いで試着室に入ると、十色がカーテンを完全に締め切らず、顔を突っこんで中を覗いてこようとする。

「おい……」

「いいじゃんいいじゃん、わたしたちの仲じゃん。ていうか、彼女じゃん」

「ダメだろ。着たら呼ぶから外で待ってろ」

いくら仲がよくても、異性に着替《きが》えを見られるのはなんだか恥ずかしい。さすがに最近は、部屋でも十色がいれば着替えは避けている。「えー」と子供のように唇《くちびる》を尖《とが》らせる十色に、「絶対に覗くなよ」と念を押し、俺は試着室のカーテンを閉める。

十色が腕《うで》にぽんぽんと乗せてきた服たちを確認《かくにん》すると、ズボンが三本とTシャツが三枚だった。Tシャツも今着ている肌着《はだぎ》の上からだったら試着できるルールだそうで、俺は鏡の方を向いて制服のYシャツを脱ぎ始める。

肌着の上にボーダーのTシャツを着、続いてズボンのベルトを外した。下ろし立ての制服はまだサイズに余裕があり、ストンと下に落ちてしまう。俺はさっそく十色が選んだ黒スキニーに足を通し始める。が、皮膚《ひふ》にぴったりフィットするような細さで中々穿《は》き辛《づら》い。

これ、普段なら絶対に選ばない服だな。機動性に欠けるだろ……。みんなこんなの穿いて街歩いてるなんて、平和ボケしすぎじゃないか？

などと考えながら、俺が一人穿くのに苦戦していたときだった。不意に背後から視線を感じ、ハッとして振《ふ》り返った。

「お客様ぁ？　穿き心地《ごこち》はいかがでしょうかぁ？」

店員のフリのつもりだろうか、声を半音上げた十色だった。

「お、お前……覗くなって言っただろ」

慌ててズボンを引き上げて、俺は言う。店内なので、なんとかぐっと声は抑えた。

「え……覗くなって言われたから覗いたんだけど……」

「いや、フリじゃねぇよ！　芸人じゃねぇんだよ」

「芸人じゃなくても、昔話で学んだよ？　覗くなと言われたら覗けって。鶴《つる》の恩返し」

「あの鶴もフリで言ったんじゃねぇんだよ！　おじいさんの過《あやま》ちを繰り返すなよ！」

結局思わず、大きな声でツッコんでしまった。十色がカーテンの外で、何やらぺこぺこと頭を下げる。店員に注意されてしまったらしい。

「とりあえずほら、チャック上げなよ。黒のボクサーが見えてるよ」

　俺の方に向き直り、十色が言う。

「お、お前が邪魔《じやま》してきたんだろ。ったく……」

　パンツの種類まで指摘《してき》されたことが無性《むしよう》に恥ずかしく、俺はなんとか平静を装いながらスキニーのチャックを上げた。

　こういうのって、普通《ふつう》女子の方が恥ずかしがるもんじゃないのか？　いや、十色に限ってそれはないか……。俺は自室のベッドでしょっちゅうパンチラしている十色を思い出す。

　まぁ、こっちもたまにはサービスしてやるか、となんとか気持ちを立て直した。

「最初はスキニーか。いいじゃん！　ちゃんとこっち向いて？」

　俺と真正面から向かい合い、十色が俺のつま先から頭のてっぺんまで視線を這《は》わす。

「これ、めちゃくちゃきついんだけど、サイズとか大丈夫か？」

　俺が訊ねると、十色はかがみ、軽くスキニーの生地を引っ張ってみたりしだす。

「うん、まぁ、こういう下半身細身のシルエットを作るパンツだから。ちょっとしゃがんでみて？　お尻とか膝の辺り、突っ張る感じはない？」

「んー、きついことには変わりないけど……でも特に動作は問題ないかも」

「ストレッチが利《き》いてるからね、穿いてしまえば大丈夫そうでしょ？　サイズも合ってると思う。黒のスキニーならどんなTシャツも合わせられるし便利だよ」

十色は少し身体を離して遠目から俺の全身をチェックし、

「じゃあ、次の服いってみよっか！」

そう言って、カーテンを閉めた。

「絶対覗くなよ！」

「それはテレビ的なお約束？」

「違《ちが》うわ！」

危険を感じた俺は、なるべく素早《すばや》く服を着替えていくことにした。

淡《あわ》い色のデニムパンツ、接触《せっしょく》冷感のワークパンツ。上は三枚のTシャツをチョイスし、一応全部試《ため》してみる。今着ているシャツの上からであれば試着ＯＫなのだ。

途中《とちゅう》で十色が半袖《はんそで》のコーチシャツとやらを取ってきたので、それもボーダーTシャツの上に重ねてみた。

「うーん」と十色が唸《うな》る。

「正市、服の予算いくらだっけ？」

「母さんにもらった二万円だな。まだ手持ちもちょっとだけあるけど……」

「結構もらえたね。まぁでもなるべく残しとく方向で。手持ちも置いといた方がいいよ。取り急ぎ必要なのが、校外学習に着ていく服だよね」

すでに一〇日後に迫《せま》りつつある、目下の目標、校外学習。そこで着る服を、何よりもまず選ばなければならない。

「着てみて個人的に嫌だなーって服あった？」

「いや、なかったぞ。でもまぁ、どれがいいって言われてもわからないし、チョイスは任せたいけど」

「そだねぇ……」

十色は親指と人さし指で顎を挟み、しばし考える仕草を見せた。

「ちょっと校外学習の山っていうシーンからはずれるけど、黒のスキニー買っとこうか。どんなファッションにも合わせられるし、おしゃれ頑張《がんば》ってる感を出さずにさらっとかっこよく着れる。絶対一枚買っといて損はないよ。他のパンツだと靴も考えなきゃだけど、これなら正市の持ってるスニーカーにも合うしね。オシャレよりも、安定」

「なるほど、予算も考えてって感じだな。さすがに靴までは買えないだろうし……」

「そうそう。ワークパンツもイカしてるけど、これは次回だね。そんで上は、肉厚なコットン地の白T。胸ポケットのついたやつね。九〇〇円だしボーダーのも買っとこうか。別日に着ればいいし」

「厚めのTシャツがいいのか？」

「そりゃもちろん。薄《うす》かったら男の子でも乳首透《ちくびす》けちゃうでしょ？」

そう言われると確かに厚手がいい。俺の乳首透けなんて、誰得なんだ……。

「それにコットンで大きめのシルエットだから、夏でも風通しよくて暑くはないよ。汗《あせ》も染みにくいし。わたしもそれ、よくタックインで着てるんだ。てかてか、正市がこれ買ったらおそろだね！」

「……タックイン？」

「おそろじゃなくてそっちに食いつくんかい！　裾をズボンとかスカートの中に入れて着ること。体操服みたいなもんだね。正市も前だけインして着てみても可愛いよ」

なるほど。確かにこの前のデートのとき、この服をタックインとやらで着てきていた気がする。財布《さいふ》に入れているプリクラにも写っているはずだ。

……十色とお揃いになるのか。

まぁ、そこに深い意味はなく、偽装カップルの恋人《こいびと》ムーブとしてお揃いもありなのではないだろうか。改めてTシャツに目を落とすと、なんとも言えないむず痒《がゆ》さがあるが。

おそろと言っても、無地の白Tなんだけどな！

しかし、順調に服装が決まりだした。俺は少し、わくわくした気分になってきた。

試着室を出てレジに向かいながら、俺は口を開く。

「あとは確か帽子《ぼうし》がいるんだったか――」「そんじゃあ、せっかくここにきたわけだし――」

タイミング悪く、十色と言葉が重なった。十色が手を差し出し、どうぞどうぞと譲《ゆず》る仕草を見せてくれる。

「いや、このあと他の小物とかも見たいと思ってな。確か帽子とかも買うんだよな。あと鞄か。他には何がいるんだ？」

「おうおう、ちょっと張りきりすぎじゃない？　そんな一気にまとめて探さなくても……休憩《きゅうけい》とか大丈夫？」

「大丈夫だ。……自分がどれだけ変われるのか、ちょっと楽しみになってきたんだよ」

その言葉に、十色がまじまじと俺の顔を見つめてくる。そんな反応をされると、なんだか気恥《きは》ずかしく思えてくる。

「そっか。じゃあ、帽子選びに行こう！　三階でさ、ちょっといい黒のキャップを買おっか。小物に気を遣ってる感出したいからね。あと、リュックは当日、わたしが使ってるスポーツブランドのやつ貸したげる。ていうか、新しい鞄買ったから、正市持ってていいよ」

「いいのか？　そこまで助けてもらって」

「何言ってんのさ。彼女じゃん」

「仮初《かりそめ》のな！」

「強調したねぇ。でももう気分は本物のカップルみたいじゃない？」

十色が突然《とつぜん》、そんなことを言いだす。

「本物を知らないからな。わからねぇよ」

そう俺が返すと、十色は「まぁねぇ」と言ってにへっと笑った。

俺たちは仮初の恋人同士でありながら、以前にも増して最近は一緒にいることが増えている。その行動も、仮初を貫《つらぬ》くためという前提はありつつも、やっていることはカップルそのもの。というか、本物のカップルみたいな錯覚に陥《おちい》りそうになるときがあったりなかったり。だからこうして、仮初という関係をたまに強調してしまうのだ。

「ほらほら、そうと決まればさっさと買ってきな」

そう急《せ》かされて、俺はレジの列に並ぶ。待っている間、十色は自分の服を見ていると言って離れていった。

十色の背中を見ながら、ふと、そういえば先程《さきほど》彼女《かのじょ》も何か言いかけていたことを思い出す。結局口に出さなかったということは、あまり重要なことではなかったのだろうか。

しばし思案していたが特に大事な用には思い至らず……。

いつの間にか脳内は、新しい服を着た自分の姿でいっぱいになっていた。

お風呂《ふろ》で顔を洗うのに石鹸《せっけん》以外の洗顔料があることも、ワックスにこんなに種類があることも、俺は全く知らなかった。

学校帰り、俺は十色《といろ》と一緒に薬局へ必要なケア用品を揃《そろ》えに行った。どんなものを買えばいいか、自主的にネットで調べてはいたのだが、いざ現地で見てみると種類が多く値段もピンキリで何を買えばいいかわからず……。結局十色に頼《たの》んでアドバイスをもらいながら買い物カゴに入れていった。

ワックスは十色が、俺の改造計画のために狙いをつけていたものがあったらしく、それを購入《こうにゅう》。俺の調べでは必需《ひつじゅ》アイテムとして香水《こうすい》があったのだが、それは好まない人もいるからと十色に止められ、代わりに勧《すす》められた制汗《せいかん》スプレーを選んだ。

「そういやコンビニで雑誌も買ったんだけどさ。わからないことだらけで……」

薬局を出ながら、俺は隣《となり》の十色に話しかける。

「ん？　雑誌って？」

「参考文献《ぶんけん》としてヘアスタイルの本を買ったんだが。みんなあの髪型をどうやって作っているのか。ワックスを使うっていうのは共通してるみたいなんだが……」

俺の言葉に、十色は「あー」と声を伸ばし、眉を顰《しか》める。

「ああいうのは実際やってみないとわからないかもねぇ。今度の土曜日、正市《まさいち》に合った髪型をセットしてあげよう。ていうか、元々わたしが教えてあげる予定だったんだよ？」

「そうだったのか？　それは助かる……」

俺が素直《すなお》に言うと、十色は小さく鼻で息をついた。

「正市、やっぱしちょっと張り切りすぎじゃない？　肩肘《かたひじ》張らずでいいんだよ？」

「ああ、大丈夫だ。ちょっと雑誌買ったり、ＳＮＳでイケてるふうのアカウントをチェックしたりしてるだけだ」

「別に学校でのポジションを変える必要はないからね。服装とか雰囲気で、あいつ実はセンスあるんじゃねって思わせられれば、別に学校でぼっちでいようとも『暗い』じゃなくて『クール』って思ってもらえるようになるよ。だからまぁ、もうちょい気楽にいこうぜ？」

「なるほどな。クール、か……」

いいな、クールでクレバー。

教室の窓際最後尾《まどぎわさいこうび》の席でいつも誰とも交わらずすごす男子高校生。決して根暗なぼっちというわけではなく、いつも冷静で周囲より少し大人びており、若干《じゃっかん》近寄りがたい雰囲気を放っている。基本眠《ねむ》たげなのもポイントだ。しかし、実際話してみると案外普通で打ち解けやすい。

ただし、そんな彼《かれ》の裏の顔は、毎晩裏世界で活躍《かつやく》する情報屋。

そういうキャラに、わたしはなりたい——よね？

＊

校外学習を翌週に控《ひか》え、教室がなんだか浮足立《うきあしだ》った金曜日。

その六限目のホームルームの時間に、事件は起こった。

「えー、今回の校外学習は新一年生の親睦《しんぼく》を深めるために開催《かいさい》されるものだ。クラス内でも、普段あまり喋《しゃべ》らない友達とぜひ仲よくなってもらいたい。そこで、その校外学習での班決めだが、くじ引きで行いたいと思う」

担任の若い体育教師——升鶴《ますつる》のそんな言葉で、教室内が一瞬で騒然《そうぜん》としだしたのだ。

入学して約三ヶ月経《た》ち、クラス内ではグループの島がほぼ確立してきていた。当然今回の校外学習も、みんなそのグループの仲のいいメンバーで行動できると思っていた。

そこに、空気の読めない担任教師の、

「くじは徹夜《てつや》で作ってきてやったからな！　みんなありがたく引きにこーい、なんつって」

発言である。

生徒たちは教師への怒《いか》り、仲のいい友達と離れ離《ばな》れになる不安、あまり知らない人と一緒に行動しなければならない戸惑《とまど》いからパニックに陥った。

そんな中、山の如くじっと成り行きを窺っているのが、鍛《きた》え抜《ぬ》かれたぼっちたちである。

ぼっちはそもそもどこにも属さない。こんなときにいちいち動じることがない。

本来ならば俺《おれ》もそちら側だったはずなのだが……。

「……やばいな」

俺はかすかに呟きながら、ちらりと十色の方を窺い見た。

当日、改造計画のため、俺は十色と一緒に行動する予定だった。二人でお弁当を食べて、周囲にカップルだということをアピールする作戦なのだ。

そもそも班分けがあるなんて聞いてなかったぞ……。

そんな文句が口から出かかるが、一人でぶつくさ言ったところで仕方ない。もう廊下《ろうか》側《がわ》に座《すわ》る者から順に、くじを引き始めていた。俺も重い腰《こし》を上げて教壇《きょうだん》まで移動する。

「十色なんだったー？　B班？　えー、ショック、あたしF班だー」

そんな声が、背後から聞こえてくる。

十色はB班らしい。果たして自分は――引いたくじを開くと、そこにはボールペンで走り書きされたCの文字。

……外した。

俺が席に戻り、小さくため息をついていると、横から猿賀谷《さるがや》が近づいてくる。

「おうおう、浮かねえ顔ですなぁ正市の旦那《だんな》。これは愛しの彼女と班が分かれちまったって事案だな？」

「ちげぇよ。そのあと、めんどくさい奴《やつ》が絡《から》みにきたって顔に上書きされてるはずだ」

「こりゃまいった、親友を煙《けむ》たがり扱《あつか》いかい。ただ、今回ばかりは中々手助けできそうにねぇからなぁ。ただの面倒《めんどう》物扱いも甘《あま》んじて受け入れるしかなさそうだ」

そう言って、猿賀谷は周囲をちろりと見回した。

なんだ？　と思い、俺も騒《さわ》がしい室内の様子を窺う。すると、くじを持った生徒たちが、席に着かず教室内をうろうろとしている。

「仲よしなもん同士で組みたい奴らが、くじの交換《こうかん》を交渉《こうしょう》して回ってるんだよ。お互《たが》い移《い》籍《せき》したい班のくじ同士のやり取りならいいが、一部では昼ご飯奢《おご》りなんかで取引が成立している例もある」

なんと、いつの間にかそんな裏取引が周囲で行われていたとは。教壇を見ると、くじを配り終えた升鶴が満足そうにくじを入れていた箱を畳んでいる。おい、あんたのクラス無法地帯になってるぞ。

「とまぁ、そんな感じで、くじの交換は暗黙《あんもく》の了解《りょうかい》になっているんだが。それでも今回はお前さんを救うのは難しそうだ」

猿賀谷がそう続けて、教室の後方を顎で示してくる。俺もちらりとそちらを確認した。

「十色っ！　一緒の班になったよー。くじ交換してもらったの！」

「あたしもあたしもっ。一緒に自然満喫《まんきつ》しよっ！」

「てか、十色の班のくじ、あっちの男子にお昼ご飯二回驕《おご》りでって言われたんだけど」

「あー、それウチも。マジせこいよね。まぁ、買ったけど」

数人の女子が、十色を囲んで口々に話している。それだけで、なんとなく状況《じょうきょう》はわかった。十色の班のくじは、人気アーティストのライブチケットがごとく競争率が高くなっているようだ。裏で転売が盛んに行われているらしい。

十色は目尻《めじり》の下がった曖昧《あいまい》な笑《え》みで対応している。ああ、あれは困ってる顔だ……。

「お前が手助けできないと言った理由がわかったよ」

もうこの校外学習班決め事件から目を逸《そ》らすように、俺は猿賀谷に向き直った。というか、結果としてはできなかったが、こいつは一応俺を助けようとはしてくれていたらしい。そこは心の内で感謝しておく。

「いやはや、大変なこった。ただまぁ正市、世の中悪いニュースばっかりじゃあないぜ？」

そう言って、猿賀谷は勿体《もったい》つけるようにこちらをニヤニヤしながら見てくる。

「あん？　なんだよ、いいニュースなんてあるのか？」

俺は訝《いぶか》しげに思いながら猿賀谷に訊ねる。

「聞いて驚け？　なんと、正市とオレは一緒のC班なんだ！　よろしくな。つまらない道中も、アニメ談義で盛り上がろう」

「あー……。『いい』ニュースって、どうでも『いい』の方か」

「ひどっ⁉」

手ひどくあしらったのは、もちろん冗談《じょうだん》だ。それを猿賀谷もわかっており、「お前さん、そりゃあねぇぜ」と笑いながら突《つ》っこんでくる。

正直、少しでも話す相手がいるのはありがたい。いなければいないでもいいのだが……。

ベストなのは十色と同じ班になることだったが、今回は仕方ない。作戦に変更《へんこう》を加えるか、十色と話し合おう。

教室内の喧噪《けんそう》も徐々《じょじょ》に収まってきていた。

「同じくじを持った仲間を確認しておくようになー」と、升鶴が語尾《ごび》を伸《の》ばして言う。

これにて一年一組班分け事件は終息かと思われた。

だがしかし、俺にとっての班分け事件には、まだ続きがあったのだ——。

＊

その日の放課後、担当になっていた中庭掃除《なかにわそうじ》を終えた俺は、帰りの準備をするため教室へと歩きだした。

すでに一部では部活動が始まっているらしく、吹奏楽《すいそうがく》部が楽器を鳴らす音や、野球部がランニングをする声が開いている窓から聞こえてくる。放課後のＢＧＭだ。

廊下《ろうか》を歩いていると、たくさんの生徒たちとすれ違う。これから部活へ向かう者、家へと帰る者。彼ら彼女らの喋り声が喧噪となって満ちる中、俺は逆流するように教室へと早足で向かっていく。

「ねぇ」

「…………」

「ねぇ、ちょっと」

「…………」

「おい、無視すんな」

「…………」

「え、ちょ、なんでガン無視？　ねぇ、真園《まぞの》！」

え、俺？

びっくりして背後を振り向くと、そこには十色の友達、中曽根《なかそね》うららが立っていた。切り揃えられた金色の前髪《まえがみ》の下で、戸惑い混じりに揺《ゆ》れる切れ長な瞳《ひとみ》が俺を捉《とら》えている。

最初から中曽根の声は聞こえていた。だが、普段《ふだん》学校で十色以外の女子から話しかけられることがないため、自分が声をかけられているとは思わなかった。

「お、おう。なんだ？」

にしても、十色がいないときに中曽根に話しかけられる理由にも心当たりがない。

「話があるからきて」

そう言って、中曽根は返事を待たずに歩きだしてしまう。

えぇ……。

なんだかとても嫌な予感がする。セーブポイントはどこですか……？

そんな俺の心境なんてお構いなく、中曽根はずんずんと歩いていく。バレないんじゃね、と思い、試しにじっと立ち止まっていたら、中曽根が振り返ってぎろっと睨《にら》みを利かせてきた。背中に目でもついているようだ。

仕方なく、五メートルほど距離《きょり》を空けて俺もあとに続いた。

辿《たど》り着いたのは俺たちの教室のある三階の、東側の階段だった。この時間は西側にある昇降口《しょうこうぐち》へ向かう生徒がほとんどのため、この辺りは人気が少ない。足を止めた中曽根がくるりと振り返り、俺たちは向かい合う形になる。

なぜこんな場所に？　やばい、誘《さそ》いこまれた⁉

罠《わな》かと思って辺りをきょろきょろ見回すも、矢が降ってくるわけでもなく忍《しの》んでいた敵に囲まれるわけでももちろんない。漫画《まんが》の世界だったら大ピンチだっただろう、現実で助かった――と思ったがそうでもなかった。

「あんたはさ、ほんとに十色とつき合ってんの？」

俺よりも低い身長ながら強い圧を纏《まと》って、中曽根が一歩こちらに詰《つ》め寄ってきた。互いの距離が腕を伸ばすと触《ふ》れられるまでに縮まる。

「そ、それはもちろん。十色からも聞いてるだろ？」

一歩後ずさりながら、俺は訊《き》き返す。またそういう話か、とため息をついてしまいそうになるのを、喉元《のどもと》で押し殺す。

「聞いてる。聞いてるけど……それって本気なの？」

「本気も何も。じゃあ俺たちのこの熱い関係は他にどんな言葉で表現すればいいの⁉　困っちゃう――って感じになっちゃうぞ？」

「キモ」

一言で切り伏《ふ》せられた。まぁ今の言い方は俺が悪い。

ただ、つき合っていると普通に主張し続けても、中曽根は信じてくれないのだ。

どうしたものかと俺が考えていると、中曽根が口を開いた。

「もしつき合ってるとしたらさー」

中曽根は少し間を空け、俺を真っ直ぐに見据《みす》えてくる。

「ほんとにあんたが、十色を幸せにできるの？」

どくんと、脳の奥《おく》で鼓動《こどう》が聞こえた。手足がびりびりと細かく痺《しび》れるような感覚に陥る。

その言葉は何度聞いても、ずんと重く俺の胸にのしかかってくる。

「できるなら、それを証明してみせなよ」

「証明って、なんで中曽根がそんなこと気にするんだよ？」

俺はそう訊き返した。どうして中曽根は、ここまで俺に突っかかってくるのか。

「それは……十色がウチの友達で、ウチの……憧《あこが》れだから……」

「……憧れ？」

それまでの勢いとは打って変わって、細々と紡《つむ》ぎだすような声だった。中曽根はまるで心の内に秘《ひ》めていた想《おも》いを絞《しぼ》り出すような調子で……、そこまで聞けると思っていなかった俺は意外さに少し目を見開く。

憧れ。

そういえばこの前もそんなことを言っていたが、いったいどういう意味なのか。

「十色はみんなの中心で、いつも輝《かがや》いてて、顔面だって超綺麗で、ほんとにキラキラした女の子だった。それに優《やさ》しくて……」

中曽根は徐々に俯《うつむ》き気味になり、髪《かみ》に隠《かく》れてその表情が見えなくなる。

「ウチ、中学の頃《ころ》にこっちに転校してきたんだけどさ。最初は友達もいなくてぼっちだったの。まぁ、こんな性格だし近寄り難《にく》いのもあったんだろね。そんなとき、同クラだった十色が話しかけてくれて、友達になろうって言ってくれたの。あとから思えば、あの子は誰《だれ》でも分け隔《へだ》てなく話しに行くタイプだから、別にウチに絡んできたのも特別なことでもなんでもなかったんだろうけど。でも、そんときは嬉《うれ》しかった」

俺は小さく相槌《あいづち》を打つ。

「十色の振る舞《ま》い方を真似《まね》して、転校先の学校でもちょっとずつ友達を増やしていったの。けどウチが十色をお手本にしてるのと違って、十色は素で可愛くて天然でみんなに好かれてて。だからやっぱあの子はウチの永遠の憧れなのよ。ずっと近くで見てたいし、あの子のことならなんでも知りたい、全部わかってたい」

「………………」

「なのに最近、あんたが近づくようになってから、みんな十色に変わった奴を見るような目を向けだしてさ。なんで自分の価値を下げるようなことするんだろって、正直嫌だった。憧れのままでいてよって」

中曽根は俺を見上げるように睨み据《す》えた。

「その上で幸せにできないとか、十色に近づかないでほしい」

なるほど。話を聞いてみると、ちゃんと彼女なりの想いがあって俺に絡んできていたことがわかる。

中曽根も十色のことを大切に思っている一人であり、俺はどうやら彼女に心配させてしまっていたらしい。

にしても、はっきり言う奴だ。そんなことを思いながら、俺は背筋を正す。

「まず一つ、中曽根もわかってると思うが……、俺とつき合ったくらいであいつの価値が下がるなんてことはない。来海《くるみ》十色はそんなしょぼい女じゃないだろ？」

俺が言い返してきたのが意外だったのか、中曽根は一瞬《いっしゅん》目を瞬《まばた》かせた。

「あ、当たり前じゃん。十色の評価があんたの存在なんかで落ちるわけがない」

「その通りだ。だけど逆に、俺の存在で少しでもその評価を上げられたら……。今はそう考えて努力してるところだ」

真っ直ぐに、彼女の目を見て話す。今度はその瞳が驚《おどろ》いたように大きく開かれていった。

「あんたも、努力してんの？」

言われてから気づく。特に意図していなかったが、中曽根も十色絡みで自分を変えた一人なのだ。思わぬところで共通していた。

「ああ、絶賛な」

俺が答えると、中曽根は「そうなんだ……」と目を細め、まじまじと俺の全身を視線でなぞる。

「……まぁ、ウチの話はそんなとこ。あんたに一つだけ言っときたいのは、絶対にあの子を悲しませるようなことはするなってことよ」

その声は、さっきまでと比べてほんの少しだけ温かい気がした。

許された、のだろうか。

俺が「わかってる」と返すと、中曽根はふぅと一息ついた。

「ま、そもそもあの子が選んだ相手なら、認めるしかないんだけどね。あんたなら浮気《うわき》もしなさそうだしギリよしか。あんな綺麗《きれい》な彼女、絶対にイットでいるしかないしね」

「……イット？」

ちょっと待て。やっと落ち着いた会話になったと思ったが、全然頭に入ってこなかった。

「イットってなんだ？」

「はぁ？　イットじゃん、イット、何言ってんの？」

「いや、急に横文字使ってくるなよ。意識高い系かよ」

こっちこそ、何言っとんの？　って感じだ。イットだけに。

「や、横文字じゃないし、イットじゃん。プリクラとかでよく書く奴いるでしょ？」

「他人のプリクラなんて見る機会がない人生だったからな……」

俺が首を捻《ひね》っていると、中曽根はぴっと人さし指を立て、宙に文字を書き始める。それはどうやら漢字らしかった。逆向きからではわからず、中曽根側に回りこみ、なんとかその文字を読み取る。

「もしかして、『一途《いちず》』か！　それ、この場合は『いちず』って読むんだよ！」

「え!?」

中曽根は普通に漢字の読み方を間違《まちが》っていた。

羞恥《しゅうち》からか、頬から耳にかけてがかぁっと赤く染まっていく。

「いいじゃん、一緒《いっしょ》じゃん！」

「いや、違うだろ。意味が通じなかった時点で致命的《ちめいてき》に……」

「もぉ、うっさいなぁ」

あ、キレた。

前もことわざの意味間違《まちが》えてたし、中曽根、実はアホの子らしい。この調子だと、「一期《いちご》一会《いちえ》」なんかも「いっきいっかい」って読んじゃうんじゃないか？　……それは昔の俺だ。

「とにかくっ。今はそんな話じゃなくて！　はい、これ」

そう誤魔化《ごまか》すように言って、中曽根がポケットから何か取り出す。ぴらっと指で挟《はさ》まれたそれは、今日のホームルームで使われた班分けのくじだった。

「なんだよ、それ」

俺がそう問うと、中曽根がそのくじを俺に渡《わた》してくる。

「Bのくじ、十色と一緒の班だから。あんたが引いたことにしときなよ」

「え、いいのかよ」

いったいどういう風の吹《ふ》き回しか。一度事情を聞こうと手を押《お》し返したが、無理やりくじを押しつけられた。

「これ、楓《かえで》が引いたやつなんだけど。あの子、当日は二組の春日部《かすかべ》とすごすつもりらしいから、譲ってもらった。けどまぁ、別に他の班になっても、クラスでの移動の間はウチらと一緒にいると思うし。てか、そもそもウチも十色と違う班だけど一緒に行動するつもりだし。ぶっちゃけ班なんて関係ないよね」

それは衝撃《しょうげき》の発言だった。どうやらリア充《じゅう》たちにとって、この班分けはあってないようなものらしかった。しかし俺は自分の班を無視して女子の集まる十色班に行く勇気はないので、くじをもらえたのは素直に助かる。

「ありがとな……」

「別に。あの子が困ってたからよ。くじ引く時間、あんたの方ばっかちらちら窺《うかが》って。一緒の班になりたかったみたいだったから」

「そうか。十色のことが大切なんだな」

「当たり前じゃん！」

間髪容《かんはつい》れずに頷《うなず》いて、中曽根は答えた。

十色に強い憧れと思い入れを持っている彼女《かのじょ》は、十色のことならなんでもしてあげたいといった様子だ。本当に大切に思っているのだろう。

――というか、若干その想いが暴走しかけている気もするのは気のせいか？

先日、十色と猿賀谷も含《ふく》めて四人で昼食を取ったときのことを思い出す。クイズと称《しょう》していろいろ訊《たず》ねられたが、思えばあの質問、中々プライバシーに踏《ふ》みこんだものだった。クイズと言いつつ、十色のことをいろいろ知りたかっただけなんじゃ……？

『あの子のことならなんでも知りたい、全部わかってたい』

先程《さきほど》聞いたそんな言葉が、脳内でリフレインされる。

中曽根うらら。ギャルでアホの子で、十色の友達。裏の顔は、十色の重度なファン。要注意人物と記憶《きおく》しておいた方が、いいかもしれない。

「それじゃあ、あの子のことよろしく」

そう言って、用は済んだとばかりに中曽根は俺から離《はな》れる。

正直、かなりドキドキした。誤解なきよう加えると、決して愛とか恋《こい》とかそういう意味でなく、カースト上位のギャルに認められたのが、妙《みょう》な興奮になって胸の奥で弾《はず》んでいた。我ながら情けない話でもあるが……。

どうも中曽根もこれから教室に戻《もど》るようで、一緒の進行方向になるのも気まずく、俺は一旦《いったん》トイレに逃《に》げることにした。男子トイレに入ると個室の扉《とびら》にもたれ、一息つく。手に握《にぎ》ったBのくじを開き、しばし眺《なが》めていた。

今あの人に、真っ先にこの想いを伝えたい。
――猿賀谷、すまん、俺は違う班になった。

〈10〉 そのデート、テストプレイ

女はいくらでも化けられる。化粧《けしょう》、ファッション、あるいは整形。これはいつかのテレビ番組でどこかの芸能人が言っていたことだ。可愛《かわい》い、かっこいいは作れるのだから、努力すればするほど自分を変えられる。今こそ立ち上がれ、とかなんとか。

男の俺には関係ないと思っていたけれど……。

「ほら、完成！　見てみて、いい感じじゃない？」

十色《といろ》が背後から両肩《りょうかた》にぽんと手を置いてきて、俺は鏡の中の自分と見つめ合う。右を向いて、左を向いて、また正面から。髪型《かみがた》、それから顔とのバランスをチェックする。そして、その別人具合に思わず感嘆《かんたん》の声を漏《も》らしてしまった。

土曜日のお昼。珍《めずら》しく早い時間から家にやってきた十色に、俺は洗面所で髪の毛をセットしてもらっていた。

「すげぇな、全然違《ちが》う。ワックス使うって言われたときは、ツンツン髪になりそうで不安もあったが」

参考文献として購入した雑誌に載《の》っていたモデルさんの髪型に、限りなく近づいている。

「ワックス＝ツンツンじゃないよ。ま、そういうイメージもわかる気がするけど。ずっと正市《まさいち》はこんな髪型がいいだろなーと思ってたんだよ。構想一〇年、製作一〇分だね」

「めちゃめちゃ寝《ね》かせたな俺の髪型！」

俺がツッコむと、十色は嬉しそうにへらりと笑った。

「でもでも、絶対似合うと思ったんだよ。正市の髪は真っ直ぐだけど柔《やわ》らかいから、自然な風合いでふんわりと。束感を出しつつも、あんまりくしゃっとしすぎてルーズ感は出さないように。でも毛先は動かして、しっかり遊び心は演出したよー。このナチュラルよりのワックスも、中々使いやすかった。我ながら名采配《めいさいはい》！」

微調整《びちょうせい》するように俺の髪をちょんちょんとつまんで動かしながら、十色が話す。

「指の間にもワックスを馴染《なじ》ませて、最初は全体に、だったな」

先程十色に説明してもらったワックスのつけ方を、俺は復習のために繰《く》り返す。

「そうそう、水を少し混ぜながら伸びやすいように馴染ませて。でもその前に、ドライヤーを使ってあらかじめ髪の毛をできるだけセットしておいた方がいいかな。それをあとからワックスで整える感じがいいと思うよ。前にカットしたとき、普通《ふつう》に乾《かわ》かすだけでふんわりしやすいように梳《す》いたんだ。キャップかぶってて髪がぺちゃんってなったときも、指でボリューム調整してあげれば大丈夫《だいじょうぶ》だから」

十色は本当に前々から俺の髪型を想像していたらしい。俺とゲームなんかで遊びつつ、そういった視点も持ち合わせていたとは。中学時代、本当に勉強、成長していたようだ。まだ、俺の部屋でのぐーたら十色とのギャップについていけないときもあるが……。

「ワックスと一緒に買った洗顔料は使ってる？」

十色に訊ねられ、俺は思考を中断する。

「使ってるぞ、言われた通り朝と晩。あれ、ニキビ防止効果もあるんだな」

「そうそう。顔にニキビあると目立っちゃうし、そもそも皮脂《ひし》まみれの肌《はだ》は印象よくないしね。鼻の脂《あぶら》とかも、テカってきたら脂取り紙で取るんだよ」

「ああ、わかった」

今回の作戦に関しては十色に何から何まで世話になり、本当に助かっている。

「ありがとな。いろいろ」

洗面台から振《ふ》り返り、俺は十色に礼を述べた。

「全然ぜんぜん、いいってことよ。ただまぁ、当日の朝はセット手伝ってあげらんないから、正市が頑張《がんば》って覚えるんだよ」

「ああ。なんとかできそうだ。明日また、一人でセットしてみるかな」

校外学習は数日後に迫《せま》っている。この髪型はあくまで私服姿と合わせてお披露目《ひろめ》をしたいので、練習するなら最後の日曜日である明日だろう。

「うん、また気になったことあったら訊いてね。……で、今日このあとどうする？　まだ昼すぎだから、夜までかなり時間あるね！」

十色がノリノリな声音《こわね》で、俺に言ってくる。

「ゲームでもする？　それなら先にお菓子《かし》買いに行きたいね！　せっかくの休みだし、腰を据えて――」

と続ける十色に、俺はまた一つお願いを投げてみた。

「よかったらこれから、デートしないか？」

「はえっ⁉　で、デート？」

見事な素《す》っ頓狂《とんきょう》声だった。丸く開かれた瞳が、すぐに疑心を孕《はら》んでじとっと細められる。

「いや、恋人《こいびと》ムーブ的に今のはまずいだろ。彼氏《かれし》が彼女をデートに誘うなんて普通だろ？」

「普通のカップルなら、そのデートの誘いに裏があっちゃダメなんだよ。正市、どういう風の吹き回し？」

十色が腕《うで》を組み、さぁ吐《は》けと言わんばかりに顎《あご》でこちらを促《うなが》してくる。

「いやまぁ、大した話じゃないんだけど。せっかく髪型もセットしてもらったし、ちょっと外に出てみたいというか。あと、生まれ変わった姿でいざ十色と人前に出たら緊張《きんちょう》しそうだから……。簡単に言うと、テストプレイだ」

　本番を前に、一度でいいから新しい格好で外に出てみたい。自分が周囲からどんな目で見られるか、少し試《ため》してみたかった。同時に、本番までにできるだけその感覚に慣れておきたい。

　十色も休日のお昼だからかいつものスウェットではなく、七分袖《しちぶそで》のシャツにデニムのサロペットというカジュアルな私服姿だ。これならすぐにでも出かけられるだろう。

「なるほどね……」

　十色は小さく呟《つぶや》きながら、少し考えこむ仕草をみせた。

「デートするのはいいけど。正市、無理してない？　最近オタク活動あんまりできてないでしょ？　今日くらい休んでもいいとは思うけど……？」

「ありがとな、でもそこは問題ない。俺がやりたくてやってるしな」

「そっか……」

　十色は顎を指で挟みながら再び思案していたが、すぐに頭を上げて俺の顔を見てきた。

「よし、わかった！　デートに行こう！　わたしもまだ正市にアドバイスしたいことあるし。早起きしてきた分、まだ時間もあるしね」

「おう、サンキューな」

そうと決まればということで、二人して準備をしに俺の部屋へと戻る。その途中《とちゅう》も、十色は休みの日なのに寝不足《ねぶそく》だと口にしていた。休日の珍しい早起きだったためか、先程からちょくちょく寝てないアピールを挟んでくる。

今日十色がきたの、十二時はとっくにすぎてたんだけどな……。

俺はそう心の内で思ったが、せっかく盛り上がってきたところに水を差すのも悪いので、声には出さずに黙々《もくもく》支度《したく》を始めたのだった。

＊

デートのテストプレイに誘ったはいいものの、具体的にどこへ行くかは決めていなかった。なのでとりあえず、俺と十色は娯楽《ごらく》系の施設《しせつ》は一通り揃っている駅前を目指した。

雲一つない快晴だ。歩いているだけで、じんわりと背中に汗《あせ》が滲《にじ》んでくる。この前買ったキャップ帽《ぼう》のつばをちょいと上げ、俺は眩《まぶ》しい空を睨んだ。

夏本番に向け、太陽がじりじりと調子を上げてきている気がする。もうそろそろ熱中《ねっちゅう》症《しょう》対策だなんだと騒がれる時期だろう。にしても最近、夏の暑さが年々増してないか？

この快晴を単純に「いい天気」と表現できなくなる日も近そうである。

「さて、どこに行くか。この暑さだと室内がいいが……」

このまま歩いていくと、お馴染みのショッピングモールに辿り着いてしまう。

けど、せっかくだからいつもと少し違うことがしたいんだよなぁ……。

土曜日の昼間ということもあり、駅前のロータリーは人がごった返している。俺たちは雑踏《ざっとう》を避《さ》けるように近くのコンビニの庇《ひさし》の下に逃げこんだ。

「リア充は普段どんなところで遊んでるんだ？」

外面で現役《げんえき》のリア充をされている十色先輩《せんぱい》に、俺は質問する。

「んー、ショッピングとかカフェとかが多いけど、フードコートとかでだべったりもあるかな。大人数だったらボウリングとかカラオケとか？」

「なるほどなぁ。ボウリングはやったことないし、カラオケはやだなぁ。なんでもいいから一曲歌えって強要されて、コアなアニソン歌ってドン引きされそう」

「やけに具体的だ⁉」

思い出されるは珍しく参加した中学二年の頃の文化祭の打ち上げだ。ご飯を食べ終わったあとみんなで駅方面へ歩いていたので、このまま解散するのかと思いきや、辿り着いたのはカラオケ店だった。いつの間にか二次会が決まっていたらしく、そこから抜けられる空気でもなく仲よく入店してしまった。アニソンくらいしか歌える曲がないのに……。

「あ、アニソンでもみんな知ってる有名なのあるじゃん？　小さい頃見てたアニメの曲とかさ。そういうの歌えばいいじゃん。結構わたしの周りでも歌う子いるよ？」

十色がそんな、ズレたアドバイスをしてくる。

「もちろん懐《なつ》かしのアニソンも大好きだけど、ダメだ……。それが許されるのはリア充連中だけ。普段アニメに興味がない奴らが子供向けのアニソン歌ってギャップを演出し、ちやほやされてるだけなんだ。しゃらくせぇ」

きっとそうすればウケると考えて、普段聞くこともないような曲を家で一生懸命《いっしょうけんめい》覚えてきてるんだろうな。宴会芸《えんかいげい》じゃねぇんだよ。そして本当にそのアニメが好きな俺なんかが歌うと、なぜか引かれたりするのだ。やっぱりオタクはアニソンか、と。納得《なっとく》がいかない。

「そ、そう言われてみれば確かに……。あ、じゃ、じゃあ、アニソンでカバーされてるJ-POP曲を原曲で歌うのは？　それなら正市もみんなもわかるでしょ？　有名なのだったらほら、『翼《つばさ》をください』とか」

「バッカ、あんなロック魂《だましい》がこもった曲歌えるか。富とか名誉《めいよ》よりも翼がほしいとか、かっこよすぎるだろ。そんな熱い詞《ことば》俺《おれ》には語れん」

中学の頃、音楽の授業でこの歌の存在を知ったとき、その歌詞に衝撃を受けたのを今でも覚えている。翼よりも、カードを買ったりゲームに課金したりするための金がほしいと思ってしまう俺には、この歌はまだ早い。

「いや、目のつけ所よ……。他にも最近はアニソンでカバーされてる曲いろいろあるよね。生粋《きっすい》のオタクがリア充のカラオケに迷いこんでしまったときは、この辺の曲で耐《た》えないと」

十色もその辺りの事情は理解してくれているようだ。近頃《ちかごろ》アニメのOPやEDでJ-POPのカバーがよく使われているが、これは緊急《きんきゅう》事態のオタクを救うための製作会社の配《はい》慮《りょ》だったのかもしれないと、俺は勝手に想像した。

「てか、違うちがう。ボウリングとかカラオケはあくまでみんなで遊ぶときの話。デートとなったら、わけが違うよ」

そう十色に言われ、俺は本題を思い出す。十色は人さし指を口元にあて思案顔で続けた。

「デートならそうだなー。ショッピングはこの前したから……ランチとか映画とか？　でもランチは家で食べてきちゃったし、映画はせっかくオシャレした意味がないし。今日はカフェとかにしとこっか」

「か、カフェっていうと、あの意識高い系オシャレ若者たちが集まるあそこか？　フタバだかミタバだかいう……。俺《おれ》、MacもSurfaceも、自前のブックカバーつきの文庫も持ってきてないぞ⁉」

「いらないよ！　そんなインテリアイテム！」

「しかもあの店、注文するのに呪文《じゅもん》の詠唱《えいしょう》が必要なんだろ？　初心者には難しいってネットでネタになってたぞ」

「正市……。苦手意識があるんなら、なおさらそのお店行ってみよっか！　いつものショッピングモールまで行けば、一階に入ってたはず」

レッツゴーと、片手を上げて進みだす十色。

「え、いじめ？」

絶対に恥《はじ》かいちゃうよ……？

「大丈夫。特にカスタマイズしなかったら、注文は詠唱破棄《えいしょうはき》できるし。難しいって印象になってるのは、慣れない英語がメニューに多いからだよ。でもまぁ、飲み物自体は片仮名《かたかな》で書かれてるし、サイズも珍しい表記だけど小さい順に記されてる。シンプルに、飲みたいものをサイズと一緒に注文するだけでいいから」

「そうなのか……？」

「そうそう。まぁ、わたしもいるし平気じゃん？」

そうこう話しながら歩いていると、すぐにショッピングモールまで辿り着いた。カフェは通りに面した一階にあったが、店舗《てんぽ》入口はショッピングモールの中らしい。

「あそこから入ろっか」

十色につれられるように、カフェの横にある建物の入口までやってきた。自動ドアが開くと、冷たい空気が外に逃げていく。

十色が先陣《せんじん》を切ってずんずんと進み、カフェに入店する。そこでなぜか十色は足を止め、店内をぐるっと見渡《みわた》した。

「お？　注文はあっちじゃないのか？」

立ち止まった十色に、俺はカウンターを顎で示しながら訊ねる。

「こういう店はね、注文の前にまず席取りをするの。飲み物もらっても座《すわ》れなかったら悲しいでしょ？　テイクアウトの場合は別だけどね」

「へぇ、そういうルールなのか」

時刻は午後三時。買い物に疲《つか》れた客が丁度休憩《きゅうけい》する時間なのか、店内はかなり混雑していた。十色の言う通り、俺たちより一足先にきた女性客が、鞄《かばん》を席に置き財布《さいふ》だけ持ってレジに向かっていく。

「あっ、あっちの壁際《かべぎわ》の席空いた！　行こっ」

言いながら十色がそちらを指さし、俺たちは早足にそのソファ席に滑《すべ》りこんだ。

「わたしから注文するね。もしメニューで注文が難しそうだったら、オススメのはどれですかーとか、今人気なのってどれですかーとか、適当に言っちゃえばいいよ」

なるほど。聞くは一瞬の恥、聞かぬは一生の恥。店員に教えてもらえということか。けど、あいつそんなのも知らねぇのかよとか、兄ちゃんここは初めてかい？　とか思われるのが、無性《むしょう》に恥《は》ずかしくて嫌《いや》なんだよな。わかってほしい。

しかしまぁ、こうして席に着くまでの間に、作戦は考えていた。

二人で注文をしにカウンターへ向かう。運よく列はできておらず、十色が一歩前に出て店員の前に立つ。

「この、期間限定の季節のフラペチーノ、トールで」

堂々とした、シンプルな注文だった。さすがである。

俺はちらりとカウンター横にあるのぼり旗に目をやる。期間限定フラペチーノは白桃《はくとう》味か。いいだろう。俺も、十色よりスマートに決めてやる。

十色が財布を取り出しながら右にずれ、俺の番が回ってくる。

店員が何か言いかける前に、俺はさっそく口を開いた。

「俺も同じの一つ」

「あ、はい。サイズはどうなさいますか？」

「同じで」

「かしこまりましたー」

ふぅ。

俺は何事もなかったかのように、すっと横にはける。

すると支払《しはら》いを終えた十色が、じとっと横目で俺を見てきた。

「楽したね」

「知恵《ちえ》を絞ったんだよ」

そこは素直《すなお》に褒《ほ》めてほしい。十色がいろいろしてくれたアドバイスはほとんど活《い》かせず申し訳ないが、これが安全策だった。

まぁ、それでも心臓はばくばくだったけどね……。

飲み物ができ上がるのを待ちながら、俺は一人密《ひそ》かに胸を撫《な》で下ろすのだった。


「楽して飲む白桃フラペチーノはおいしいかい?」

「まだ言うか……」

俺たちは席に着き、買ってきた飲み物を飲み始めた。桃《もも》フラペチーノにはみずみずしい果肉がごろごろと入っており、太いストローから口に飛びこんでくる。それを噛《か》むごとに、甘《あま》みが口いっぱいに広がった。飲み物のチョイスに関しても十色の真似をして正解だった。

「あ、やばいやばい、写真撮《と》りたかったのに飲んじゃった」

そう言って、十色が慌《あわ》ててスマホを取り出しフラペチーノにカメラを向け始める。

俺は家からかぶっていたキャップを脱《ぬ》いで机に置いた。髪がぺちゃんと頭に貼《は》りついており、手でわしわしとボリュームを出すように全体的に揉《も》む。するとワックスのおかげですぐにそれっぽいナチュラルヘアーに復活した。涼《すず》しい風が頭皮に通るようになり、店内にいるうちはキャップを脱いでおくことにする。

そこでようやく一息つくことができた。

「どうだい？　おニューの服で街を歩いた感想は」

いつの間にか撮影会《さつえいかい》を終えていた十色が、スマホをいじりながら訊いてくる。

「そうだな。なんていうか、いつもより堂々と歩けたっていうか。十色が選んでくれた服だからかな。間違いはないってわかってるから落ち着いていられたんだ」

俺は少し考え、そう答えた。これが自分で選んだ服だったなら、変じゃないかと冷やひや、おどおどしっぱなしだったと思う。

「わお、すごい信頼《しんらい》されてるや。今度やなことされたとき、わざとおかしな服着せてやろ。あの子おしゃれに目覚めたっぽいけど痛い方向いってるね、って言われるようにしてやろ」

「やめてぇ。服に関してはほんとにわからない可能性あるから、冗談《じょうだん》でもやめてぇ」

俺が身を縮ませて怯《おび》えるフリをすると、十色はけらけらと笑った。しかしすぐに表情を引き締《し》め、少し真剣《しんけん》なトーンで言う。

「でも正市は、もっと自信を持った方がいいと思うよ」

「もっと、か？」

「うん。これも正市改造計画だよ。その猫背《ねこぜ》とか、たまに挙動不審《きょどうふしん》になってるとことか、直さないと。堂々とって言うけど、まだ若干《じゃっかん》自信なさげに見えちゃう」

身に着けるものだけ変えても、まだ不十分。問題は俺自身にまだ山積みのようだった。元々マイナスから始まっているので当然だが、リア充への道のりは中々険しい。

「猫背、ひどいか？」

「そりゃあもう、染《し》みついちゃってるね。長年の味が」

俺は席に座りながら背筋を伸《の》ばす。すると想像よりもぐんと目線が高くなった。普段《ふだん》からこれだけ曲がってるってことか……。

「これは……意識しないと直らないな。挙動不審も気をつけないと」

「見といて注意したげるよ。真っ直ぐ顔上げて胸張ってないと、やっぱし根暗な感じは出ちゃうからね。わたしも中学の頃、猫背はたまに鏡とか見ながら気をつけてた」

「へぇ、そんなのやってたのか？」

俺は意外に思って聞き返した。リア充代表格の十色も、背筋の矯正《きょうせい》に勤《いそ》しんでいたのだろうか。あまり意識して見たことがなく、実際十色が猫背だったかは思い出せない。

「そうそう。なるべく背中ピンとしながら歩く練習したりね。あと、わたしの場合は笑顔《えがお》もかな。友達と話してると作り笑顔も必要じゃん？　鏡に向かって笑う練習してたなぁ」

昔を思い出すように目を細めて言う十色。そういう細かな努力から、十色は今の地位を築き上げたのかもしれない。

「中学の頃、学校ではどんなだったんだ？」

気になって、俺は訊ねた。俺の知らない十色がそこにいる気がした。

「別に普通だよ？　なんとか友達にも恵《めぐ》まれて、楽しくやってた。正市は？」

「俺も、変わらずだよ。だいたい今みたいな感じ」

「中学なら、中二病とか発症《はっしょう》してたんじゃない？」

「あー……。ほろ苦い思い出ですね……」

「どんな設定だったの？　吐いてみな！」

じゅぼっとストローで大きめの果実を吸って、十色が訊《き》いてくる。

設定って、確かにそうだけど……。

「俺は……絶滅《ぜつめつ》したとされる風使いの生き残りで、学校を占拠《せんきょ》しようとしたテロリストをばっさばっさと――」

過去の記憶が蘇《よみがえ》ってくる。とある放課後、こっそりと職員室から鍵《かぎ》を拝借して屋上に侵《しん》入《にゅう》し風を感じていたところを誰かに目撃《もくげき》され、次の日から飛び降り自殺した生徒の幽霊《ゆうれい》が出るという噂《うわさ》が広まり屋上が心霊《しんれい》スポットになってしまった。学校の七不思議の一つは俺。

「あー……」

同情するような目で俺を見るな！

「そういうお前は？」

中二病の参考文献《ぶんけん》と言えるラノベを嗜《たしな》む十色にも、そういう時期はあったはずだ。

「うーん、正市みたいに痛い感じのはなかったけど、ノストラダムスの人類滅亡《めつぼう》の予言が外れたのはわたしが生まれる未来を変えられなかったからだって信じてたな。他にもいろんな予言が外れるのは、全部わたしが世界に作用してるからだって」

「スケールでかいな！」

思わずツッコんでしまった。

「まぁ、予言なんて元から外れるのが前提だし。中二病も単なる妄想《もうそう》だよね」

背もたれに身体《からだ》を預けて苦い笑《え》みを浮《う》かべつつ、十色が言う。

しかし俺は同調せず、顎に指をやってしばし思案した。

「単なる妄想……だけど妄想よりも現実に近いような。患《わずら》っている期間は、全力でその設定と共に生きているからな。強《し》いて言うならば、青春。中二病とは、一本外れた道を全力疾走《しっそう》した青春、と言うべきではないだろうか」

「なんか真面目《まじめ》っぽい考察始まった⁉」

十色が戸惑《とまど》い混じりの声を上げる。

「少なくとも一、二年は、俺は風使いとして生きてたわけだしな」

「その幻想《げんそう》を青春と言い張るって、病ってつくだけあるよね、中二病。痛すぎる……」

「そう言われちまったらおしまいだぁ……」

「治ってよかったね」

慈《いつく》しむような優《やさ》しい声音で言われてしまった。まぁ、高校生になっても成人しても引きずる可能性のある病らしいので、俺はかなりましな方なのだろう。

ただまぁ、たとえそれが中二病でも、そうやって何かに夢中になっている自分というのは案外嫌《きら》いじゃないんだけどな、と俺は思った。

ふと気づけば、両隣《りょうどなり》の席の客はすでに入《い》れ替《か》わっていた。俺は軽く伸びをしながら、辺りを見回す。時計を見ると、入店から一時間以上が経《た》っていた。

なんだかんだ、俺たちはカフェでずっと喋《しゃべ》っていた。学校の話、ゲームの話、漫画《まんが》の話。話題は尽《つ》きることなく湧《わ》いてきて、俺たちはたまに冗談を挟んで笑ったりしながらだらだら会話を続けていた。最初はやけに低いと思っていたソファ席のテーブルや椅子《いす》も、今ではすっかり居心地《いごこち》よくなっている。

ストローをずずっと吸うと、少し甘みの混ざった生ぬるい水が口に入ってきた。フラペチーノはとっくになくなっており、氷まで溶《と》けきってしまったようだ。

「あ、どうする？　おかわりする？　もう結構いるし、そろそろ出る？」

同じように空になったらしいカップを振《ふ》りながら、十色が訊ねてくる。

「そうだな。他に行きたいとことかあるか？」

言いつつ、俺は通りに面した窓の外に目をやった。

まだ陽の光が眩しくアスファルトを照らしている時間帯。一定間隔《かんかく》に植えられたプラタナスの緑の葉が、風でそよそよと揺《ゆ》れている。人通りは多く、家族連れや友達同士の集まりが目立っていた。

「いつもと少し違うこと、だよね？　……それじゃあ、まだ明るいし、散歩でもしよっか」

そんな十色の提案で、俺たちは席を立ちカフェを出た。少し遠回りをして帰ることにし、駅のロータリーに沿って進みだす。

俺は先程十色に言われたように、背筋を伸ばして歩いてみた。いつもより断然視線が高い。風を切って歩くという表現が近い気がする。

そうしていると、近所の私立高校の制服を着た女子たちとすれ違った。その二人の視線がこちらに向いていることに、俺は気がつく。きっと十色に目を惹《ひ》かれているのだろう。そう思っていたのだが……、

『あー、あたしも彼氏ほしい』

『思ったー。いい感じの人いないかなー。ラブラブしたいー』

背後から唐突《とうとつ》に、そんなかすかな話し声が聞こえてきて、俺は耳を疑った。

……周りに他にカップルっぽい二人組は……いないよな。

『あたしも』ということは、あの女子は俺と十色を見て『彼氏がほしい』と思ったということか。

それはつまり、俺のことを、十色の彼氏と捉《とら》えたということだ。

初見の人たちに、十色の彼氏として見てもらえた。

それだけのことが嬉《うれ》しく、しかし同時に恥ずかしく、俺は思わず聞こえないフリをした。

小さな声だったため、隣《となり》を歩く十色は気づいていない様子だ。

――今のは俺の自信になればいい。

俺はキャップを深めにかぶりながら少しだけにやけた。

駅のロータリーをすぎ、大通りに差しかかる。幹線道路の横断歩道を渡っていると、丁度信号が点滅《てんめつ》しだした。

「わ、やばっ」

十色が慌てて駆《か》けだし、俺も後に続く。が、

「あっ、きゃっ！」

急いだためか十色が靴《くつ》同士を引っかけ躓《つまず》いてしまう。

「おっと！」

前に転びそうになった彼女の腕を、俺は咄嗟《とっさ》に掴《つか》んだ。なんとか倒《たお》れる前に彼女の身体を支えることに成功する。

その間に、信号は赤に替わってしまっていた。

「急ぐぞ」

俺はそう言って十色の手首を握ったまま、走って横断歩道を渡り切った。掴んでいた手を放すと、十色は膝《ひざ》に手を突《つ》いて肩《かた》で息をし始める。ごほごほと咳《せ》きこみだし、俺は慌てて彼女の顔を覗《のぞ》きこみながら背中をさすった。

「大丈夫か？」

十色は数度目を瞑《つぶ》って苦しそうに咳《せき》をしていたが、やがて顔を上げ、にへっと微笑《ほほえ》んだ。

「ごめんごめん、大丈夫。ちょっと喉《のど》つまってむせちゃった」

「ほんとに大丈夫なのか？　体調は？」

「平気へいき。ほら、行こっ！」

そう言って十色は背筋を伸ばすと、手を出して俺の指をきゅっと掴んできた。

そのまま足を一歩踏み出す。

「ちょいちょい、なんで手？」

俺が動かず突っ立っていると、お互《たが》いの腕がぴんと伸びたところで十色が引っ張られるように戻ってきた。振り返って唇《くちびる》を尖《とが》らせてくる。

「なんでって、さっきの続きじゃん。正市から握ってきたんじゃん」

「いや、さっきはお前が転びそうだったから。もういいだろ」

「えー、いいじゃん。じゃないと転んじゃうよ？　か弱い乙女《おとめ》なんだから」

ごほごほと咳をしてみせてくる十色。わざとらしい……。

俺は小さく息をつき、返事はせず手を繋《つな》いだまま歩きだした。

十色がへへへっと嬉しそうに笑い、たたっと軽いステップでついてくる。

——さっき俺は、手首を掴んだだけだったんだが……。

今は十色の細い指が俺の指の間に食いこむ握り方になっている。漫画で見たことがあるが、これはいわゆる恋人繋《こいびとつな》ぎというやつだ。急に手汗をかいていないか気になってくる。か弱い乙女を無下にはできないからな。俺もなるべく意識しないようにしつつ、手はずっと繋いだままでいた。そこに湧く正体不明の充足感《じゆうそく》のようなものについても、今は意識しないようにした。

＊

住宅街を抜《ぬ》けると、自然公園の遊歩道に出た。遊具の方から、わーきゃーと子供たちのはしゃぐ声が聞こえてくる。

じんじんと夕陽《ゆうひ》の輝《かがや》きが増してくる時間帯。夕方の定刻チャイムが鳴るまでの間、彼《かれ》らは全力で遊び続けるのだろう。

「おやおや、元気だねぇ」

十色が間延びした声で言う。その縁側《えんがわ》のおばあちゃんめいた口調に、俺はふっと笑みを漏らしてしまう。

「元気があり余ってる感じだよな。ああやって大勢ではしゃぐのも、楽しいもんなのかな」

「きっと楽しいはずだよ。わたしたちにはああいう思い出、あんましないけどね」

「外で遊ぶって言ったら、基本二人でこの先の河原《かわら》に行ったよな」

「人が少なくて落ち着くんだよ。少なくとも、わたしは楽しんでたよ？　あの正市との時間。五時になって帰りのチャイムが鳴るのが怖《こわ》かったもん。鳴らないでーって」

「中学のときの課外授業で役所を見学したんだが、あのチャイム、警報発令時とかにスピーカーがちゃんと機能するか試験で毎日鳴らしてるんだとよ。鳴らないと困る」

「そ、そうだったんだ！　やばいやばい、存分に鳴ってもらわないと！」

素直か！　と、俺はまた笑ってしまった。

十色と喋っていると飽《あ》きないし、邪気《じゃき》が全く感じられないせいか、なんだか和《なご》やかな心《こ》地《ち》になる。それも彼女《かのじょ》の人気の所以《ゆえん》の一つなのかもしれない。今は昔と違い彼女の周りには人が集まっている。

遊歩道を歩いていくと、やがて川のせせらぎが耳に届くようになる。

例の河原だ。

例の、というと何かよっぽどのことがあったのではないかと感じてしまうが、実際あった。そこは人生初の告白を受けた場所だった。それも、偽物《にせもの》の……。

まぁ、そんなほんのりビターな思い出スポットであると共に、元より俺たちがよく遊んでいた場所でもある。自然と二人の足は水の音の方に向いていた。

以前よりも伸びた気のする雑草を靴でかき分けながら、川に面した平らな岩まで進む。梅雨《つゆ》が終わって水かさも落ち着き、川の水は綺麗《きれい》に澄《す》んでいる。川べりの草むらの上ではイトトンボが二匹《ひき》、しゅんと移動してはホバリングを繰り返していた。

俺たちは並んで岩に腰《こし》かけた。なんとなく俺が胡坐《あぐら》をかくと、十色も体操座りのような格好で岩に足を上げる。そのタイミングで、ぱっと手が解《ほど》かれた。急に行き場のなくなった手を、俺はぎゅっと小さく握《にぎ》り締めた。

「あ、お茶でも飲む？　飲みかけだけど」

そう言って十色が自分の鞄の中を覗く。半分ほどになったお茶のペットボトルを取り出し、手渡《てわた》してきた。

「おお、サンキュー」

俺はありがたく受け取り、口をつける。気づかぬうちに喉が渇《かわ》いていたようで、ぬるいお茶がとても飲みやすく、おいしく感じた。

ペットボトルを十色に返すと、彼女も一口飲んでキャップを締める。「いつでも飲んで」と言って、岩の上に置いた。

そこでようやく、俺たちは一息ついた。

「今日はお疲れ」

十色がそう口にする。

「お疲れ。つき合ってくれてありがとな」

俺が返事をすると、十色は首をぶんぶんと横に振った。

「全然ぜんぜん。むしろこっちがお礼言わないとだし。カップルを演じるだけなのに、ここまで真剣にやってくれて」

「いやいや、こうして俺をどんどんかっこよくしてくれたことには感謝してるんだ」

俺のその言葉で、不意に会話が止まった。不思議に思って隣を見ると、十色が顎を指で挟《はさ》みながら難しい顔で首を小さく傾《かたむ》けている。

「上の下……中の上……」

「えっ？」

「や、わたしが目指したのはあくまで、まともな格好をした普通《ふつう》の男の子、だからね。普通だけど、他の周りはそれができてない子が多いから、相対的に評価が上がるって感じで。だから決してどんどんかっこよくなったわけじゃない。勘違《かんちが》いさせちゃったならごめん！」

「わ、わかってるし！」

そりゃもちろん、とんでもないイケメンに生まれ変わった――とまでは思わないが。所《しょ》詮《せん》中の上か……と、ショックを受けている自分もいた。いや、中の上でもすごいことだが。

「決してダメって言ってるわけじゃないんだよ？　むしろ、人前に堂々と出れるまともな格好ってすごい大事だし。正市ももうその服を着こなしてるしね」

「そうか？」

「そうそう、似合ってるよ？　まぁ、雰囲気《ふんいき》はイケメン合格点」

雰囲気はイケメンって……。よくわからないが、おそらく褒められているのだろう。そもそも俺みたいな日陰者《ひかげもの》には眩しすぎる言葉である。

いつものようにふわっと微笑む十色の横で、俺は少しむず痒《がゆ》い気分になった。

再び、俺たちは交替《こうたい》でお茶を飲む。

川のせせらぎの中、十色がぽつりと言った。

「正市はさ、なんでわたしとの偽《にせ》カップル契約《けいやく》に同意してくれたの？」

それは急な質問だった。しかし、その答えは俺の中で明確にある。

「借りがあったからな」

「借り……？」

十色がはてと首を傾《かし》げる。

まぁ、考えてもわからないだろう。これは俺がずっと一人で、感謝していたことだから。

「何？　気になるよ」

そう、十色がじっと目で急かしてくる。

別に隠《かく》すほどのことでもない。少し恥ずかしいが、十色になら話せる。

「そうだな。まぁ、今となっては昔話なんだが……。中学時代、実はアニメとか漫画とかラノベとか――――オタク活動を辞《や》めようか迷ってた時期があったんだ」

「え、うそ、正市がオタク辞めるって、めちゃめちゃ大ごとじゃん！」

「そうなんだよ。……結構、悩《なや》んでた」

オタクを辞めるかどうかなんてどうでもいいことかもしれないが、俺にとっては一大事だ。それを十色もわかってくれている。え、そんなこと？　なんてバカにしたりしない。

「好きなものに夢中になってるだけなのに、世間からの風当たりは強いだろ。二次元文化が蔓延《まんえん》してきた中でも、やっぱりまだオタクはちょっと根暗で変わり者って認識《にんしき》の人はいて。自分に自信がなくて学校でもいづらく、もうこんなこと辞めてしまおうか、自分の好きを捨ててしまおうか、って考えてたんだ」

「そう……だったんだ……」

十色が深刻そうに顔を曇《くも》らせる。

決して暗い空気にしたいわけじゃないのだ。俺は急いで話を続けた。

「だけどそんなとき、お前が俺の部屋で俺の趣味《しゅみ》に興味を持ってくれた。これ何これ何って、いろいろ訊いてきて、たくさんの作品に一緒《いっしょ》にハマってくれた」

好きなアニメについて訊かれたり、ゲームの攻略法《こうりゃくほう》を教えてと頼《たの》まれたりするのは、とても嬉しかった。

オタク友達がおらず、そういった話をする相手に飢《う》えていたのかもしれない。それに十色は単に話を聞くだけでなく、実際にそのアニメを見たり、ゲームをプレイしてくれたりするタイプだった。一緒にそのオタク趣味で盛り上がってくれるのは、本気で幸せだった。

「やー、ほんとハマっちゃったよね。アニメもラノベも漫画も面白《おもしろ》いのばっかだし。正市とゲームしてる時間はぶっちゃけかなり楽しいし、わたしも根がオタク気質だったのかな」

やはは、と笑いながら頭を掻《か》く十色。

「そういうところが嬉しかったんだよ。俺以外にもその趣味に真剣にハマってくれる人がいて、俺は自分のやってることに自信を持てるようになったんだ。それからは、好きなことをする毎日がもっと楽しくなった。比喩《ひゆ》じゃなく、視界がすごくクリアになったんだ」

救われた、という気持ちが大きかった。今では自分の好きなものを、全力で好きと言える。当時はただ弱かったのだ。オタクの風上にも置けないような、情けない男だった。思わずふっと、自嘲《じちょう》の笑みが漏《も》れてしまう。

「そんな感じで、密かに感謝してたんだよ」

そう俺は締めくくった。

ずっと十色に感謝しつつ、同時にこの件を大きな借りだと考えていた。

なので今回の偽装《ぎそう》カップル作戦も、カード購入《こうにゅう》の手伝いなんて対価がなくても、もちろん協力していた。今もなるべく十色の力になれるよう、精いっぱい動いているつもりだ。

もし十色が困るようなことがあれば、今度はこっちが助けてやるんだと、俺は心に決めていたのだ——。

☆

えーっ、と、正市の告白を聞いたわたしは、心の中で驚《おどろ》きの声を連発していた。

「そ、そうだったんだ」

正市が、大好きなオタク趣味のことを悩んでいたなんて。しかもその悩みを、わたしが知らぬ間に解決してたなんて。密かにずっと感謝されてたなんて。

驚きだ！

正市のことは、結構なんでも知ってるつもりだった。しかし今の話は全部初耳。びっくり驚愕《きょうがく》である。

だけどだけど、それよりも。

感謝してるのは、わたしの方なんだ——。

正市が語り終え、妙《みょう》な沈黙《ちんもく》が生まれていた。居心地悪そうに身じろぎをする彼を見て、わたしは急いで口を開く。

「お、教えてくれてありがと！　でもね、借りとか考えなくていいんだよ。わたしもオタク活動は楽しんでるし、それに、わたしだって、いっぱい正市に救われてるんだから」

「救われてる……？」

「うん、救われてる！」

疑問顔の正市に、わたしは大きく頷《うなず》いてやる。

「知ってると思うけど、小さい頃《ころ》、わたし病気がちだったじゃん。今はもうほとんど大丈《だいじょう》夫《ぶ》だけど。特に生まれつきの喘息《ぜんそく》がひどくって、よく入院したりしてた」

わたしが言うと、正市は首をこくこく振《ふ》る。

そりゃあ正市はよく知ってるよね。今じゃわたしよりも正市の方がわたしの体調気遣《きづか》ってくれてるもん。

「さっき横断歩道を渡《わた》るために走ったあとなんかも、すごい心配してくれてたよね」

「そりゃあ心配するだろ。咳きこんでたし、昔はそれで倒れたりしてたんだぞ？」

「あはは、ありがと。でも今はこの通り、元気げんきだから」

わたしは両腕《りょううで》で力こぶを作るポーズを取った。

実際、今はもうほとんどなんともない。身体がきちんと成熟したんだと思う。たまに疲れやすいときはあるけど、それでも中学の頃は学校行事の冬のマラソンにも参加していた。

「でもまぁ、昔はそれで悩んだりもしてた。小学生の頃、放課後みんなが公園で遊ぶ約束しててても参加できなくて。普段学校で仲のいいグループの中でも、放課後は遊べないって理由でわたしだけなんだか仲間外れっぽくなってて。なんでわたしはみんなと一緒のように遊べないの、ってしょっちゅう思ってた」

「ああ……」

正市が静かな相槌《あいづち》を入れてくれる。

普通の小学生の女の子的に、その状況《じょうきょう》は中々辛《つら》かった　学校に行くのも、正直嫌だった。お母さんを心配させたくなくて、ちゃんと毎日通ってたけど。

「そんなとき、近所、ってかお隣に住んでた正市くんは、わたしを外の遊びに誘《さそ》うことがほとんどなかった。あの頃はゲームばっかりじゃなくて、トランプとかオセロとか、ミニ四駆《よんく》とかもしたっけ。いろんな遊びをしたけど、だいたい室内、出ても庭まで。いつ外で遊びたいって言われてがっかりさせちゃうことになるか、ひやひやしてたけど、隣の正市くんは飽きずにずっとわたしと部屋で遊んでくれた」

「隣の正市くんは極度のインドア派だったみたいだな」

「そうみたいだね。小学校高学年になって、やっとお母さんからちょっとなら外で遊んでいいって言われて。うきうきしながら正市誘ったら、外出たくないって言われてびっくりしたもん。あの頃、周りの子たちはみんなお外お外って感じだったから」

それでも外に出たいとお願いして、ようやく正市を連れ出して初めてきたのがこの河原だった。虫や魚を取ったり、水に入って遊んだり。特に夏休みは何度通ったかわからない。

「その頃からオタク気質だったんだよ。室内でできる遊びが好きだったんだ。てか、学校に十色以外の友達いなかったからな。一人じゃ外にも行かないし、家でできることばっかりで完結してたのはそんな遊びしか知らなかったからだ」

「なるほどね。そんなところが、わたしにぴったりだったってわけだ。体質、気質共に、わたしの条件とマッチしたんだね」

わたしがそう言うと、正市は「マッチって……」とぼそっと漏らし顔を逸《そ》らす。おっ、照れてるのか？

「でも、気質って言うけど、中学のときはいつの間にかリア充《じゅう》に転生してたよな。そっちの方が合ってたとか？」

「あー、違《ちが》う違う。あれはリア充迷彩《めいさい》」

「リア充迷彩？」

繰《く》り返して訊《たず》ねてくる正市に、わたしは大仰《おおぎょう》に頷いた。「説明しよう」と、人さし指を立て、こほんと軽く咳をする。

「リア充迷彩とはその名の通り、リア充気質をわざと演じて、本物のリア充たちの中に紛《まぎ》れこむことを言う。あくまでそれはカモフラージュ。わたしが本当に好きなのは、正市とすごすようなオタクよりの活動をしてる時間の方」

「そうなのか？　でも、それならなんでリア充なんて演じてたんだよ。俺自身が自分を変えようと動いてる最中だからわかるが、大変だし、時間やお金もかなり奪《うば》われる」

別にリア充になりたいわけでもないのに、どうしてわざわざそんなことを？　それは当然生まれる疑問だろう。もちろん、理由は存在する。

「やー、わたしのお母さんがさ。わたしが中学生になって周りの子に馴染《なじ》めてるか急に心配しだしてね。自分が厳しくしすぎたせいで、娘《むすめ》に友達ができず学校で浮いてたらどうしようっていう罪悪感もあったんだと思うけど。正市とばっかし遊んでるんじゃないかとか探《さぐ》りを入れてきたり、まず自分がママ友を作るからその子供と仲よくしなさいとか強制してきたり。まぁ、お母さんが心配する気持ちもわかるから、いろいろ勉強して見た目にも気を遣《つか》って友達がたくさんできるよう頑張《がんば》るようになったんだ」

そのため、たくさんの時間を割《さ》いて努力を重ねてきた。そうしてなんとか今のリア充な立ち位置で、それはそれで楽しい学校生活を送っている。

「なるほど、そういう理由で……。頑張ったんだな」

正市がしみじみとした口調でそう言ってくれる。

確かに頑張った。だけど、結果がついてくることに対して、頑張るのは嫌いじゃない。だから変な同情や気遣いは必要ない。

「自分がやりたいようにやってきただけだよ。でもまぁ、そのせいで今回は正市を振り回しちゃってるんだけど」

「それは気にするな」

正市は軽い口調で言って、「ふぅー」と息を吐《は》きながら伸びをした。

「ありがとう。十色のこと、いろいろ話してくれて。こんな親密なつき合いなのに、意外と知らないことあったんだな」

「こっちこそありがとね。そだねぇ、びっくりしたよ。正市が悩んでたことなんて、気づかなかったもん」

「俺《おれ》も中学の頃、十色が変わっていってること気づかなかったからな。学校ではどんな感じだったんだ？」

「あー、わたしも正市の中学校生活、どんなだったか気になる！　なんかそこだけぽっかり空いてる感じなんだよね。またさ、卒業アルバム見せっこしない？　ついでにさ、ちっちゃい頃の写真も久々に見たいよね」

「親が撮ってくれた昔の写真、一緒に写ってるの多かったよな。卒業アルバムは……俺クラス写真にしか写ってないんだが、それでもよければ」

「え……」

遠くでカラスが鳴き、五時を知らせるメロディが空に響《ひび》きだす。昔は嫌で仕方なかった定刻チャイムだが、改めて聞くとなんだか郷愁《きょうしゅう》をそそられる。わたしももう年かな？　なんて思ってしまう。

記憶《きおく》の中では、セピアのような褪《あ》せた色で浮かんでいた河原の景色。それが今は鮮《あざ》やかに目に焼きついてくる。なんだか眩《まぶ》しすぎて涙《なみだ》が出そうだ。

「綺麗だな」

夕陽に染まる世界を眺《なが》めていた正市が、小さく呟《つぶや》いた。

「そうだねぇ」

目を一度ぎゅっと瞑ってから、わたしも返事をした。

こうして他愛《たあい》ない会話をできる相手が、隣にいてくれる。幼い頃と変わらず、一緒にいてくれる。それだけでとても満たされた気分になる。今ここにある二人の世界は、わたしにとって完璧《かんぺき》に完成されている。

やがて陽が落ち、辺りは暗くなるだろう。それまでには河原を離《はな》れなければならない。定刻チャイムには慣れたけど、やはり時間は最大の敵だなぁと、わたしは考えていた。

☆

その日の夜、わたしはお風呂《ふろ》に浸《つ》かりながら今日の出来事を思い返していた。中々深い話をしたし、知らなかったことがわかって嬉しかった。なんだか昔が懐《なつ》かしくなったし、幼い頃の写真も探してみなきゃと思う。

「てか、つき合ってるって思われてたなー」

デートも楽しかったし、そのあとびっくりしたこともあった。

カフェを出たあと、駅のロータリーを歩いていたときだ。すれ違った女の子たちが、わたしたちのことを噂していたのだ。ひそひそ声だったので正市には聞こえなかったみたい

だが、どうやらわたしたちを見て、彼氏《かれし》がほしくなったという会話をしていた。

それはつまり、わたしと正市が理想のカップルに見えたということだ。正市という男の子を見て、カップルに憧《あこが》れたということである。

ふふふ、お二人さん、彼をここまでプロデュースしたのはわたしなのだよ？

髪《かみ》を整えてやれば、ルックスは悪くない。スタイルもよく、細めなのでどんな服も似合ってしまう。正市自身がそもそも、磨《みが》けば光る原石だったのだ。

中の上と言ったら落ちこんでたみたいだったけど、上の下からはテレビに出ているタレントレベルを想像していた。というか、平均より上で満足しないとは……。それだけ今回の正市改造計画に想《おも》いをこめているということか。

まぁでも、今の私服の正市なら、学校でもそれなりに人目を惹くだろうなぁ。

少し腰を滑《すべ》らして、顎《あご》の下まで湯船に浸かる。お湯の温かさに緊張《きんちょう》がほぐれてきたのか、力の抜けたようなため息が漏れてしまった。

人目を惹くといっても、結局それは外見だけを目にしたときの単純な結果にすぎない。たとえそれで周りの人たちに何か噂されたとしても、全《すべ》てただの客観的な意見であって、それ以上でも以下でもないのだ。他人からの目こそ重視する、って子も結構いるみたいだけど……。

もちろん今の正市は以前より断然かっこよくて、タイプだ。

けどわたしにとっては、イメチェンしようがしまいが、正市は十分素敵《すてき》な男の子なのだ。

さらにお尻《しり》をずらし、ぶくぶくと口までお湯に浸かった。蛇口《じゃぐち》から滴《しずく》が落ちて、ぴちょんと音が浴室に響く。

正市、このままファッションとかに目覚めちゃうのかな。いつも買ってた漫画やカードのパックを後回しにして、ヘアスタイルの雑誌を買ってたし。そういえばこの前、オタクは興味さえ向けばとんでもない凝《こ》り性《しょう》だーとか口にしていた。

――だからちょっと、今は怖い……。

なんてこと、そうなる原因であるわたしが思っちゃいけないんだけど――。

お風呂から上がったわたしはしっとり濡《ぬ》れた髪のまま、和室の押入《おしい》れから昔のアルバムを引っ張り出していた。

わたしと正市は親同士も仲がよく、幼い頃の写真は二枚ずつ現像してお互い渡し合っていた。きっと同じ写真が正市の家にもあるのだろうが、まぁまた今度わたしが持っていって正市の部屋で一緒に見るかと、準備をしようと思ったのだ。

埃《ほこり》をかぶった紙袋《かみぶくろ》の中から数冊のアルバムをがさっと取り出し、畳《たたみ》の上で座《すわ》りこむ。お風呂上がりに着替《きが》えた夏用のショートパンツは、太腿《ふともも》まで露出《ろしゅつ》していて、ひんやりとした畳が気持ちいい。

さっそく初めの一冊を開くと、画質の粗《あら》い昔ながらの写真が一ページに六枚並んでいた。わたしが一人でピースしているもの。家族と一緒に笑っているもの。それから、正市と一緒に遊んでいるもの。

——懐かしいなぁ。

ページをぺらり、ぺらりとめくっていく。

二人で積み木をしていたり、絵本を読んでいたり。誕生日のケーキを食べていたり、着物を着て手を繋いで七五三で神社に行っていたり。音楽会や運動会、遠足への出発前などの学校行事の際も、必ず二人で写真を撮《と》っていた。

——正市、この頃《ころ》は顔もめちゃめちゃ可愛《かわい》いじゃん。

それから、庭でおままごとらしきことをしている写真に、同じく庭で、ビニールプールで遊んでいる写真。

「——ん?」

わたしは思わず目を見張った。アルバムをがばっと持ち上げ、そのプールの写真を凝視《ぎょうし》してしまう。

座って象のじょうろを持つ正市に、プールの縁《ふち》で立っているわたし。

なんてことない日常を収めた一枚だ。右下にオレンジ色で入っている日付の印字を見るに、小学校一年生の頃の写真らしい。

その写真の中で――わたしは上半身裸《はだか》だった。

わたしはバンとアルバムを閉じた。それからすぐにショートパンツのポケットからスマホを取り出し、正市にメッセージを送る。

『ねぇ、やっぱしアルバム鑑賞会《かんしょうかい》は中止にしよっか！　正市改造計画もあるし、わたしたちが見なきゃなのは未来だよ。わたしたち二人の、輝かしい未来』

送信すると、すぐに返事がきた。

『そうか？　久しぶりに見たかったけどな。まぁ、お互いの家に写真はあるわけだし、暇《ひま》なときにでも見ればいいか』

ぎゃーと、声を上げそうになる。

悪手だった。このプールの写真だけ抜いたアルバムを持って行って、一緒に見るべきだった。正市が一人で自分の家のアルバムを漁《あさ》り、この写真に辿り着いてしまうかも。

あまり想像したくない、正市が自室で一人、わたしの裸の写真を見ている姿が脳裏《のうり》に浮かんでしまう。途端《とたん》、顔の奥《おく》がかぁっと熱くなった。

「ポルノじゃん、ポルノ！　もぉ、なんでこんな写真撮ってんの⁉」

ていうか、そもそもなんで上半身裸で遊ばせた？　お母さん⁉

幼い年齢《ねんれい》で身体も未発達なので、問題ないという判断なのだろうけど。そういえばたまにお風呂も一緒だった気もするけど。ちょっと無頓着《むとんちゃく》すぎない？

わたしも昔は平気で遊んでいたわけだけど、今見ると問答無用で恥《は》ずかしい。だって、モロ写っちゃってるし……。

通報すべきは、正市か、それとも撮影《さつえい》した親か。それよりも先に、世界に現存するこの写真（推定二枚）をこっそり抹殺《まっさつ》する方が先か。こんなことを考えているうちに、正市が写真を見てしまったらどうしよう。

いろんな思考がぐるぐると脳内を巡《めぐ》る。

「と、とにかく今は、正市の意識を写真から逸らさねば！」

わけもわからないまま一人宣言し、わたしは正市の部屋に行こうと立ち上がった。生ぬるい初夏の夜の空気の中、薄着《うすぎ》のまま外へ飛び出すと、少しだけ涼《すず》しい風が吹《ふ》き抜けて身体をふんわりと包みこむ。

だけど火照《ほて》った顔は、中々冷めそうになかった。

＊

考え事をするときは、ベッドで横になるのがお決まりのスタイルになっていた。

俺は風呂上がり、電気を点《つ》けないままベッドに横たわり今日のデートを思い出していた。

十色セレクトの慣れない格好で外に出るのは緊張した。普段《ふだん》かぶらないキャップや、細いパンツの違和感《いわかん》はさることながら、一番気になったのは周囲からの視線だ。隣にいたのが見目のいい十色だということもあるのだろうが、今日はいつもより周りからちらちら見られるのを感じていた。

女子高生たちに噂《うわさ》されたりして、少しだけ手応《てごた》えもあった。だが、校外学習で同級生たちの前に出るのは、まだまだ不安だ。彼ら彼女らは学校での俺を知っており、私服姿を評価するときにも、まず俺の普段の立ち位置を必ず意識するだろう。そこに生まれるであろうギャップ——違和感を拭《ぬぐ》いさることが果たしてできるのか、俺にはわからない。

ただまぁ、今日テストプレイができたのは、本当によかった。

このままもっと、十色と釣《つ》り合う存在になっていきたい。

そうすれば……まだこの関係を、続けていられるかも——。

そこまで考えて、俺はふっと短く息を鳴らした。

そもそも俺たちは、最初からそういう契約なんだ。

これは、仮初《かりそめ》の関係。偽物の二人には、いつか終わりがやってくるのが定めだ。

重々わかっていたはずである。

だけど、腐《くさ》れ縁の幼馴染《おさななじみ》とは一味違《ちが》う、この関係になったからこそ、知ったこともたくさんあって――。

十色の秘《ひ》めた想いを聞くことができ、俺はますます彼女のことを大切に思った。

終わらせたくない。しかし偽《いつわ》りの契約を結んでいる俺に、その関係を進める資格はない。

いつか俺たちは、元の幼馴染の二人に戻《もど》るのだ。

なんだかそれが、今は無性《むしょう》に苦しかった。


しばらくそんなことを考え続けていたせいだろうか。枕元《まくらもと》でスマホが震《ふる》えたとき、「彼女からだ」と直感が走った。

『ねぇ、やっぱしアルバム鑑賞会は中止にしよっか！　正市改造計画もあるし、わたしたちが見なきゃなのは未来だよ。わたしたち二人の、輝かしい未来』

思い出す。

突然《とつぜん》なんだと思ったが、そういえば今日、河原でアルバムを見たいと話していたことを

十色は本格的にその鑑賞会を検討してくれていたらしい。

二人で思い出話をしながらアルバムをめくるのも悪くないと思ったが、彼女の言う通り確かに最近は忙《いそが》しい。俺は残念だが仕方ないという旨《むね》のメッセージを返信する。

ただ今日の会話の中で、幼い頃の記憶がたくさん蘇《よみがえ》ってきた。もう少し過去の思い出に浸《ひた》りたい。そんな思いがもぞもぞと首をもたげ、俺はおもむろにベッドから起き上がった。

二階の奥にある、物置部屋へと足を運ぶ。アルバムはその部屋の押入れにある、段ボール箱の中にしまってあった。ただし、いざ押入れを開けてみると、目当ての段ボール箱は布団やヒーターなどの荷物の裏に埋《う》もれてしまっていた。

俺は一瞬《いっしゅん》迷ったが、すぐに決心をして一番手前にあった冬用の羽毛布団《うもうぶとん》に手をかけた。

しばらく荷物と格闘《かくとう》し、

「……あった、これだ」

俺はアルバムの発掘《はっくつ》に成功した。『正市　小学一年生～』と丁寧《ていねい》に表紙に記されている。

この時期なら間違《まちが》いなく十色と遊んでいたので、一緒に写っている写真もあるだろう。

どうやら来客があったようで、下の階が騒《さわ》がしい。廊下《ろうか》をどたどたと急いで歩く音がす

る。ただまぁ自分には関係ないだろう。こんな時間に訪ねてくるのは十中八九、星里奈《せりな》のヤンキー友達だ。

そんなことを考えながら、俺は床《ゆか》に胡坐をかいて腰を落ち着け――アルバムの一ページ目を開くのだった。

〈11〉 おひろめ彼氏は二人のために

校外学習が翌日に迫《せま》った、月曜日。

その日の昼休みはいつもと違った喧噪《けんそう》が教室を満たしていた。

「やっべ、もう明日じゃん、着ていく服ねぇ！」

「どうしよう、天気晴れかな？　焼けたくないんだけどぉ。遠足なんてマジ勘弁《かんべん》だよねー」

「おいおい、お菓子《かし》どうするよ？　バナナはおやつに入りますかー？」

クラスの騒がしどころの連中が、いつにも増して賑《にぎ》やかなのだ。加えて今日は、大人しめなグループの連中も、ざわざわとどこか落ち着きがない。その喧噪は普段と違い、共通の浮《うわ》つきのようなものを孕《はら》んでいた。

高校に入って初めての行事である校外学習。本日の授業は午前中だけで終わり、諸注意やタイムスケジュール確認《かくにん》のため午後は体育館で集会が行われることになっている。そんな非日常感も合わさって、生徒たちをそわそわさせているのだろう。

まぁ、ぼっちの俺は一緒に騒ぐ奴《やつ》もいないので、こんな状況でも冷静に分析《ぶんせき》できる。

着る服がないと言っているリア充ほどきっとそこらのオタクよりも服を持っているだろうし、遠足じゃなくて校外学習だし、バナナはおやつに入りますかと訊《き》く奴ほど当日はバナナを持ってこない。そんで俺が本当にバナナを食べてると「見ろよ、あいつ、マジでバナナ食ってんぞ」なんてひそひそ話して笑ってくるのだ。

いいじゃねぇかよ。バナナは栄養補給に優秀《ゆうしゅう》だし、腹持ちもいい。スナック菓子と違って果物なので夜中に食べても罪悪感がなく、手に油がついたりすることもないからゲーム中だって食べやすい。徹夜《てつや》でＲＰＧをするときなんかに、よくお世話になる。

蘇ってきた中学時代の嫌《いや》な記憶を振り払《はら》うように、俺は頭を振った。

縁起《えんぎ》が悪いことは考えないでおこう。

明日は俺にとって、勝負の一日になるのだから。

正直、時間がすぎるほど腹の奥のざわざわ感は増してきている。騒がしい教室の中で一番浮足立《うきあしだ》っているのは、実のところ俺なのかもしれなかった。

＊

そしていよいよ、本番当日。

天気は快晴、校外学習日和《びより》。

俺が準備していた服に着替えて登校すると、昇降口《しょうこうぐち》へは向かわずグラウンドへと入っていく。すぐにチャーターバスに乗って出発するため、集合場所が屋外になっているのだ。

時刻は通常授業の日より一時間ほど早い午前七時半だ。夜のうちに冷やされた空気が、涼しい風となって頬を撫《な》でていく。今は心地《ここち》いいが、陽が高くなるにつれどんどん気温が上昇《じょうしょう》し蒸《む》し暑《あつ》くなるのだろう。Uターンを決めて家に帰りたい気分になる。

周りでは同じく一年生たちがぞろぞろと歩いている。全員私服姿で、なんだか新鮮《しんせん》だ。やがてグラウンドに近づくと、わいわいがやがや、いつもよりテンション高めの生徒たちの騒ぎ声が聞こえてきた。

グラウンドの土の上に立つと、俺は一瞬躊躇《いっしゅんためら》いながらも集団の中へ。くるのが早かったのか、まだ列なんかはできておらず、俺は自分のクラスの連中が集まっているらしきところまで、人ごみの間を縫《ぬ》うように進んでいく。

その間、なんだかいつもと違う感覚を覚えた。

ぷすぷすと突《つ》き刺《さ》さる、周囲の視線を感じる……。

誰《だれ》かに見られているというのはわかるものだ。その頻度《ひんど》が、今までに体感したことがないほど多い。すれ違う者がみな、ちらちらと俺を見ているような……。

なんだか気まずい気分になりながら、俺のクラスの集合場所まで辿《たど》り着く。いつも通りクラスメイトたちの輪には入らず、少し脇《わき》に逸れたところで立ち止まった。キャップ帽《ぼう》を上げ、じんわり浮《う》かんでいた額の汗《あせ》を腕《うで》でぬぐう。

ふと気づくと、クラスメイトたちが振り返って俺の方を見ていた。俺が眉《まゆ》をひそめると、慌《あわ》てて前に向き直り、ひそひそ何かを話しだす。

『あいつ誰だ……えっ、真園《まその》!?』

『間違いない、真園だ。朝からあの淀《よど》んだ目をできるのは、真園しかいねぇんだから』

『でも真園って、あんな雰囲気いい感じの奴だったっけ?』

『……なら違うかぁ?』

……中々やりにくいな。

ちょっと早く着きすぎてしまったか。洗顔や髪型《かみがた》のセットなどをしたかったため、気合いを入れて早起きしたのだが、慣れてきたためか案外時間がかからなかったのだ。

他に行く場所もなく、俺がそこに居座《いすわ》って小さく聞き耳を立てていたときだった。

「正市《まさいち》、おいすっ」

突如《とつじょ》背後から肩《かた》を叩《たた》かれた。振り返ると、朝の十色《といろ》に似つかわしくない(偏見《へんけん》)爽《さわ》やかな笑顔《えがお》で立っていた。よくこんな眠《ねむ》いうちからそんなに綺麗《きれい》に笑えるな……。

「おう、おはよう……」

「おはー。いい天気だねー！」

俺の返事に、十色はまたしても嬉《うれ》しそうに笑ってみせてくる。

「お前、朝弱くなかったっけ？」

俺と十色が偽装カップルになってからも一緒に登校していないのは、十色に遅刻《ちこく》癖《ぐせ》があるからだ。俺が起こしてやろうかと提案したこともあったが、十色はそもそも寝起《ねお》きが悪く、俺も遅刻の巻《ま》き添《ぞ》えになってしまう可能性があり、『わたしのことはいいから、先に行け――』とかっこいいセリフを言われた過去があった。

「やー、そうなんだけどね。いつもより頑張って髪の毛とか顔とか準備してたら、目ぇ覚めちゃったんだよね」

今日の十色はひらひらとした花柄《はながら》のワイドパンツに、裾《すそ》をしまった白のTシャツ。髪をお団子にした校外学習スタイルだ。これでもナチュラルメイクの範疇《はんちゅう》だろうが、普段より少し化粧《けしょう》も濃《こ》い気がする。リュックの持ち手には、白いキャップがぶら下がっていた。

俺が彼女《かのじょ》の服装を見ている間、彼女もまた俺のファッションをチェックしていたらしい。すっと俺のそばにもう一歩近づき、手を伸《の》ばしてきた。

「これ、前だけタックインしといた方が可愛いかも」

言って、俺のTシャツの裾を取ると、ズボンの前側に入れようとしてくる。彼女の指がお腹《なか》の肌《はだ》に触《ふ》れて、ドキッとしてしまう。

「じ、自分でやる自分でやる」

そう俺が止めようとするも、ズボンの中に手が差しこまれ、無理やり前だけタックインにされてしまった。俺を見上げ、悪戯《いたずら》っぽくにっと笑ってみせてくる。

――くそう、ちょっと可愛いじゃねぇか、俺の仮初彼女《かりそめかのじょ》は……。

ふと、周りがさっきよりも増してざわざわしているのに気がついた。俺が振り返ると、みんなが一斉《いっせい》に顔を背《そむ》ける。

「人気者だねぇ、正市」

十色がにやりと笑い、面白そうな声音《こわね》で言った。

「お前が変なことするからだろ」

学校で人気の美少女が、その彼氏と噂される男と公然でイチャイチャしだしたら、そりゃ誰だって注目せざるを得ないのではないだろうか。

「えー、わたしのせい？　正市、登校してきてみんなに見られてる感じしなかった？」

「あー、それは確かにしたな。ここまで歩いてくる間、めちゃめちゃ視線感じたぞ」

俺が言うと、十色はうんうんと頷いた。

「それは正市の服装がみんなに認められてるってことだよ。ちょっと気になる服装の人がいたら、参考にできないかってちろちろ見ちゃうもんだからね。あのイケてる感じの人、誰だ？　って目もあったと思うけど」

認められて、いるのだろうか？　自分ではまだ自信がないが、周りの視線を感じたのは確かである。そもそも疑っていないが、やはり十色のコーディネートは正解だったようだ。

「ま、そこまで張りきらない、気取らないオシャレを目指したから。イメチェン感というか、勘違《かんちが》い感は出てないよ。私服はこんな感じですって態《てい》で堂々と行動するんだよ？」

「ああ、わかった」

「背筋、ちょっと曲がってる」

言われ、俺は背をぴんと伸ばす。十色は満足げに頷いた。

「それからこれね、首につけとくといいよ。お父さんからもらったの」

十色が何かポケットから出して手渡《てわた》してくる。それはネックレス……だろうか。黒いメッシュ状のループの先に、銀色の小さなボールがついている。

「これは？」

「スポーツ選手なんかがつけてるの見るでしょ？　磁気のネックレスなんだけど、ファッションとしてつけるのも結構アリなんだ。普通《ふつう》のアクセサリーと違って主張しないし目立たないけど、首元の寂《さび》しさは埋められる。さり気ないオシャレで細部にも気を遣ってる感が出せて、正市の今日の格好にいいかなーと思って。朝、頑張って探して持ってきたんだ」

「なるほど、助かる……」

十色は自分の準備で忙しい中、俺のファッションのこともしっかり考えてくれていたらしい。本当に頭が下がる。

俺が首の後ろに腕を回してそのネックレスをつけていると、

「あと最後に」

十色がそう続けながら、そっと俺の耳元に唇《くちびる》を寄せてくる。さわりと、彼女の吐息《といき》が耳孔《じこう》を撫でた。

「今日は恋人《こいびと》ムーブ、本気でいくからね」

もしかして、さっきのズボン勝手にタックイン事件から、彼女の周囲へのアピールは始まっていたのだろうか。

まぁ、元々そのために今日を目指して、俺は変わろうと努力してきたのだ。

俺が頷くと、彼女は口角を上げて不敵な笑《え》みを浮かべた。

＊

バスから降りると、辺りはセミの大合唱に包まれていた。発酵《はっこう》した樹液だろうか、ほんのり甘《あま》さの混ざる濃厚《のうこう》な山の匂《にお》いが香《かお》ってくる。

校外学習の舞台《ぶたい》である自然公園は県北の山の麓《ふもと》に位置している。少し開けた駐車場《ちゆうしやじよう》からは、どちらを見渡《みわた》しても、緑、緑、緑。そこへ、三〇〇人強の生徒たちがぞろぞろと降り立っていく。山の濃い空気も薄《うす》くなってしまいそうだ。

……だが、おかしい。

公園に着いてしばらくすると、なぜか俺はこの人口密集地でぽつんと一人になっていた。

「……暑いな」

俺は一人呟き、額の汗を拭う。

冷静に考えればわかることだったのだ。十色の班は、十色目当てで集まってきた女子たちで形成されている。さらに、班決めのルールなんて無視して寄ってくる女子たちで、自然と計七人の集団になっていた。

そんな花園の中、男子という異質な存在が一人、混ざっていられるはずもなく……。

班決めルールなんてあってないようなもの、という暗黙《あんもく》の了解《りようかい》は、俺には関係ないと思っていたが、ばっちりぼっちにも適用されたわけである。

十色は俺と行動しようと画策してくれていたが、周りに集まってきたメンバーには十色と同じ班になるために賄賂《わいろ》を支払《しはら》っている者もいる。さすがに無下にはできず、今はその女子たちと一緒《いっしょ》にいるよう俺が勧《すす》めた。

「ほんとごめんね！　お弁当は絶対に一緒に食べて恋人ムーブを実行するから」

「ああ、わかった」

俺が十色に釣り合う男だと証明する——という作戦だが、今すぐ強行する必要もない。一緒に仲よくすごしている姿を見せつけるのは、お昼時の方が人目を集め効果的だろう。

こっそりとそんな話し合いを済ませ、十色は俺から離れていった。

結局ソロになってしまった俺は、多くの者が向かう広場や小川の方向から外れ、林添いに通っている散歩コースへと足を進めた。こっちならあまり人はこないだろう。

十色との待ち合わせはお昼前だ。それまではこの辺りで、急な天候悪化でこの山に取り残されることになった場合の、『俺の高校生活　～陸の孤島《ことう》でサバイバル編～』でも妄想《もうそう》してすごそう。タイトルだけでもすごくわくわくする。

そんなことを考えながら、俺は近くにあったベンチで鳥のさえずりを聞いて目を閉じていた。学校のつまらない行事も、自分次第《しだい》で有意義な時間になる——はずだったのだが。

『いいか、この草は食える。こっちの木の根もだ。こっちの木の実はすっぱいから唾液《だえき》が分泌《ぶんぴつ》され喉《のど》の渇《かわ》きが収まる。山は自然のサラダバーなんだ！』

『正市くん、すごい！　食べものがなくて困ってたけど、なんとか耐《た》えられそう……』

「あー、腹減ったー。弁当早く食いたいなー。てか、売店でカップ麺《めん》も売ってたぞ」

「確かにお腹すいたなー。おやつにお菓子、大量に持ってきたし、先にそっち食べねぇ？」

そうそう、お菓子。木の実よりは絶対そっち食べた方がうまいぞ——って、んん？

俺のディスカバリー系動画から得た知識に、途中《とちゅう》から外部の声が介入《かいにゅう》してきている。

薄《う》っすら目を開くと、いつの間にか俺のいた散歩コースに他の生徒たちが複数入ってきていた。なぜこんな何もない場所に？　広場や小川の方が飽和《ほうわ》状態で、こっちに溢《あふ》れてきているのだろうか。

せっかくの妄想タイムを邪魔《じゃま》されてしまった。俺は仕方なく、他の落ち着ける場所を探そうと、腰《こし》を上げる。

そのとき、立ち上がった俺の背中を、つんつんとつつく者がいた。

俺がびくっと肩を上げつつ急いで振《ふ》り向くと、そこに立っていたのはゆるふわの金髪《きんぱつ》をポニーテールにまとめた中曽根《なかそね》だった。

「よ」

そう一文字で、中曽根は俺に挨拶《あいさつ》をしてくる。淡《あわ》い色の細身のデニムに、白いフリルのついた半袖《はんそで》シャツ。オフショルダーで露《あら》わになった白い肌が、太陽の光で眩しい。

「なんだ、お前か……」

俺が小さく息をつきながら言うと、中曽根は眉間《みけん》に皺《しわ》を寄せる。

「何？　十色じゃなくて悪かったね」

「別にそういう意味じゃ……。ん？　てかあいつは？」

十色と一緒に行動してるんじゃなかったのか？　というか、中曽根はなぜ一人でここにいるのか。十色だけでなく、他の女子たちも見当たらない。

「あっちのさー、坂をちょっとのぼってった先に、いい景色があるんだって。みんなそっちに行ったよ。去年ここにきた先輩《せんぱい》が教えてくれてたみたい」

答えながら、中曽根は俺が座っていたベンチに距離《きょり》を空けて腰を下ろす。

ははん、こっちの何もない散歩コースに生徒たちが流れてきているわけがわかった。

……で、なんでキミは一人なの？

またしても疑問をぶつけようとしたとき、

「……あ」

ふと彼女の足元が俺の視界に入った。

ヒールつきのサンダルに、素足《すあし》。その小指のつけ根の横辺りが赤く腫《は》れてしまっている。

「なんで山にそんな靴《くつ》できたんだよ」

「やー、このサンダル可愛いじゃん。みんないるし、今一番気に入ってる格好したいから」

「ケガして一人になってちゃ元も子もないだろ……」

俺はそう言いながら、脇に置いていたリュックから財布《さいふ》を取り出す。そのカードポケットの一つには、絆創膏《ばんそうこう》が仕込んであった。二枚抜《ぬ》いて、中曽根に差し出す。

「へぇ、あんたこんなの持ち歩いてんだ」

中曽根が驚《おどろ》いたような丸い目で俺を見てくる。

「まぁな」

日々激しい特訓を続けていると、指をケガしてしまうこともあるからな。コントローラーの3Dスティックで。

絆創膏を受け取ると、中曽根は短く「ありがと」と呟く。

「てか、お一人さまになっちゃってるのはそっちもじゃん」

「あー、いやー……すまん」

十色と同じ班のくじをわざわざ融通《ゆうずう》してくれたのは中曽根だった。結局別行動になってしまっているのが申し訳ない。

「ま、あんな感じになってちゃ、男子は中々いづらいよねぇ」

しかし中曽根はやんわりとした口調でそう返してくれた。意外と、と言ったら悪いが、しっかりこちらの立場、事情も考えてくれているらしい。人は見た目によらない。結局は会話をしてみないと、その人の本質はわからないもんだと感じた。

「今はお互《たが》い、一人休憩《きゅうけい》タイムってわけだな」

俺がそう口にすると、中曽根が「うーん」と軽く唸《うな》る。

「そだねぇ。でもまぁ、一人って言っても、あの子たちのことだし──」

そう、中曽根が言いかけたときだ。

「うららちゃーん」

遠くから声が聞こえてくる。そちらを見やれば、散歩コースの上り道の先で、十色が大きく背伸《せの》びをして手を振っていた。他の班員たちと共に、こちらに向かって下りてくる。

「やっぱり、すぐ帰ってきた。もうちょい景色楽しんでくればいいのに……」

中曽根は苦い笑みを浮かべつつも、そちらを見つめる目元はどこか嬉しそうだ。中曽根に気を遣《つか》い、班員たちが早めに戻ってきたということらしい。

十色とのカップル作戦決行は正午と決めている。それに、十色にはこれまで築いてきた友達との関係も大切にしてほしかった。なので今は、この場から立ち去ることにする。

俺《おれ》は立ち上がってリュックを背負い、二〇メートルほど先に見えている散歩コースの出口へと足を向ける。すると背中越《ご》しに、中曽根の声が届いた。

「あんたさー」

なんだ？　俺が振り向くと、何やら中曽根は俺の全身を眺めるように、身体《からだ》を引いて目を細めている。

「……あんた、私服はまぁまぁ悪くないね。意外だわ」

お、おう、何かと思えば……。

なんだか気恥《きは》ずかしく、俺は軽く会釈《えしやく》だけ残し、その場から歩きだした。

＊

「暑いね正市」

正午前、俺が広場に立ってスマホを見ていると、前からそんな軽《かろ》やかな声がかけられた。

「暑いな十色」

「あっちの木陰《こかげ》に行こっか」

俺が顔を上げると、十色は手で頬をぱたぱた煽《あお》ぐ仕草を見せながら、もう片方の手で広場とハイキングコースの境目に植わる木の方を指さした。そこには恋人ムーブにおあつらえ向きな、太い木の根が浮き出している。ちょうど二人、そこに並んで腰かけられるのだ。

「でもあそこ、虫とかいそうだな」

そう俺はぼそっと呟《つぶや》いた。頭上にも枝葉が生い茂《しげ》っており、弁当を食べている間、落ちてこないか心配になる。

「虫？　ああ、カブトムシとか？　さっき男子がむこうで騒いでたよ？」

「めちゃめちゃプラス思考だな！　虫って言ったらほら、クモとか毛虫とか……」

「ああそっち？　正市、そういうの苦手キャラだっけ？」

「いや、お前が嫌かなーと思って」

俺がそう言うと、十色がにやっと笑ってこちらを見てきた。肘《ひじ》でつんつんと俺の腕をつついてくる。

「へいへい、気が利《き》くね彼氏さん。恋人ムーブは始まってるってことだね。虫が落ちてきたときは、正市が取ってくれたらいいんだよ。ほら、行こっ」

十色はゴーゴーと片手を上げて進みだした。

午前中いろいろ歩き回ってたくせに、元気な奴だな……。

俺は一歩遅《おく》れて十色の後に続く。

木の根のもとに辿り着くと、リュックを肩から下ろしながら二人で腰かけた。

「そういえばさ、さっきうららちゃんと喋《しゃべ》ってたよね。何喋ってたの？」

リュックの中を漁りながら、ふと思い出したように十色が訊《たず》ねてきた。

「特に何も。ただの世間話だよ。散歩道をのぼった高台のところが絶景だーとか」

「世間話？　うららちゃんと正市が？」

十色が疑《うたぐ》り深《ぶか》げなジト目をこちらに向けてくる。

「……怪《あや》しいなぁ」

「何がだよ」

「やましいことはないかね？　人里離《はな》れた山奥《やまおく》で、男女が密会。もしことがことならスクープものだよ？」

「確かに人里は離れてるが、人は飽和してるんだよなぁ……。密会でもないし。ほんとにどうでもいい話しかしてねぇよ。すぐにお前らが坂から下りてきたしな」

十色は俺の顔を見ながら「ふーん」と唇を尖《とが》らせる。なんだ？　これも恋人ムーブの一環《かん》か？　仮初カップルの嫉妬《しっと》の演技。

「まぁ、彼氏《かれし》が彼女の友達と仲よくしてくれるってのはいいことだ」

そう言って十色はふいっとリュックの中に視線を戻す。

演技のはずなのだが、錯覚《さっかく》だろうかどこかほんのり本気が感じられた気がして。俺は小さく首を捻《ひね》った。

土曜日のカフェにて、本日の弁当は自分に任せてくれと十色から言われていた。これもラブラブカップルを演出するためだと。

なので、お昼は十色に任せっぱなしだったのだが……。

「じゃーん。正市、お弁当。二個も重たかったぞ？」

「ああ、すまん、気がつけばよかった。ありがとな」

十色が弁当の入った巾着《きんちゃく》を二つ取り出し、大きめの紺《こん》の方を俺に差し出してきた。

受け取った俺はさっそく巾着の紐《ひも》を解《ほど》き、弁当箱を膝《ひざ》の上へ乗せる。蓋《ふた》を開けようとして──一旦《いったん》手を止め、十色の方を見た。少し前のめりになりながら俺の反応を窺《うかが》っていた十色が、小さく首を傾《かし》げる。

「どったの？」

「いや、今思えばさ、お前って料理できたっけ？」

十色が料理を作ったなんて話、一〇年以上一緒にいて一度も聞いたことがない。俺の部屋のぐーたら娘《むすめ》が料理を作っている姿なんて、想像もできない。

「失礼な！　自分でたまに作ってるよ！」

「お湯入れて待つだけのものは料理じゃないぞ？」

「バカにしてるな？　わたしは卵も入れる派だし！」

いや、そういうことを訊いてるんじゃない、得意料理とかを教えてほしかったところだ。

やべぇ、何も食料持ってきてないぞ？　コンビニで何か買っといた方がよかったか……。

「あ、安心してよ。中身はほんとにまともだから。お母さん監修《かんしゅう》だし」

十色が慌ててフォローを入れてくる。

「そ、そうか？　信用するぞ？」

こうしていても始まらない。俺は弁当箱の蓋を開いた。

目に飛びこんできたおかずは、存外立派なものだった。甘辛《あまから》っぽい赤いソースのかかった鶏《とり》の唐揚《からあ》げ、小ぶりのエビフライ、ほうれん草のおひたし、卵焼き。隙間《すきま》はプチトマトとブロッコリーで埋められ、白いご飯の真ん中には梅干しが乗っている。

「名づけて、ＴＨＥ彩《いろど》り栄養弁当　～彼氏への愛と昨晩の残りものをこめて～　だよ」

「昨日の晩飯の余りじゃねぇか！」

弁当の名前で思いっきり告白してきやがった。まぁ、その方が十色の母親作だろうし、安心っちゃ安心だが。

「ちっちっち、正市くん、見くびられちゃあ困ります。なんとなんとー、その卵焼きはわたしが死ぬ思いで早起きして焼いた、気合いの入った卵焼きなのです！」

「え、ほんとか？」

俺は驚き、まじまじと黄色い卵焼きに目を落とす。二つ寝《ね》かした状態で並んだそれは、確かに形は少し崩《くず》れて不格好ではあるが……。

「ちなみに、そっちのご飯もわたしが炊《た》きました」

「こっちは炊飯器《すいはんき》に感謝だな。とりあえず、じゃあ、卵焼きから」

いただきますと手を合わせ、さっそく俺は箸《はし》で卵焼きを挟《はさ》んだ。一口齧《かじ》ってみる。

甘すぎずしょっぱすぎず、非常にいい塩梅《あんばい》に出汁《だし》が利いている。ふわふわで、噛《か》んだだけで旨《うま》みが染《し》み出してくるようだ。これをメインに弁当を作ってもいいくらいの出来だ。

「……おっ、これは」

正直、びっくりした。

「おいしい？」

十色が少し不安げな顔で訊いてくる。俺は大きく頷《うなず》いた。

「うまい！　いや、マジで。店とかで出てきてもおかしくないレベルだぞ」

言いながら、残りの半分を口に入れる。弁当なのでサイズが小さく、一つが二口分しかないのが悔《く》やまれる。卵焼きはあと一つだ。

「へへん、やればできる子なんだよ。お母さんに分量を訊いて、作ってみたんだ。メモしてるから、いつでも作ったげる」

「ほんとに、また作ってほしいぞ、これは」

そもそも、ここまで偉《えら》そうに言っておきながら、俺もそんなに料理ができる方ではない。たまに親が用事で家を空けるとき、肉や野菜を炒《いた》めたりする程度だ。

なので、こうしてほんとにうまいと思える料理を作れることは純粋《じゅんすい》にすごいと感じる。

……十色の奴、いつの間にかこんなこともできるようになってたのか。

「ありがとな、わざわざ早く起きてまで」

俺が言うと、十色はえへへと笑う。照れたようにもみあげ辺りをぽりぽりと掻《か》いた。

「や、やー、まぁ、彼女としては当然のことだよね。ほら他のも食べてたべて。そのヤンニョムチキンとか、おいしいよ」

十色も弁当箱を開け、二人でようやく昼食を食べ始めた。

「このちょい辛の唐揚げ、そんな名前なのか。韓国《かんこく》料理か？」

「そうそう。お母さんがハマっててさー、最近しょっちゅう出てくるんだよ。まぁ、おいしいからいいんだけどねー」

そんな他愛《たあい》ない話をしながら、二人でわざわざおかず交換《こうかん》をしたり、ペットボトルの飲み物をシェアしたり、ひょいと十色が俺の帽子《ぼうし》を取ってかぶってみたり。俺たちは堂々カップルとして振《ふ》る舞《ま》ってみる。すると想定通り、多くの視線がこちらに向けられだした。

ようやくこの校外学習での本目標、俺たちカップルのお披露目《ひろめ》タイムだ。

これまでも二人で下校したり休み時間をすごしたりすることはあったが、このように半ばイチャイチャしている様を堂々と見せるのは初めてである。涼《すず》しい顔を意識しつつも、中々平静ではいられず、手の平は手汗でびちゃびちゃだ。

そんな中、十色が囁《ささや》くような声で言ってくる。

「正市、お客さんだよ」

見れば、前から女子が二人、真っ直ぐこちらに近づいてきていた。

「とーいろっ」

日焼けした背の高い女子が、にやにやと笑いながら話しかけてくる。

「あーっ、カナっちにユイちゃん、久しぶり！　喋ったの中三以来？　二人共三組だよね」

「そうそう、三組。クラス違うからあんま会えないよねぇ」

どうやら十色の中学のときの知り合いらしい。ちらりとこちらにも視線が飛んできたので、俺は軽く会釈だけしておく。

すると今度はもう一人、背の低い黒髪《くろかみ》女子が口を開いた。

「会えなくても、十色の噂《うわさ》はよく聞いてるよ？　最近できたっていう彼氏さん。校外学習まで一緒って、お熱いねー」

いったいどんな反応をすればいいのか。俺が困って隣《となり》を盗《ぬす》み見ると、十色は満面の笑みを浮かべていた。

「あはは、いいでしょー。どう？　お似合い？」

「うわ、惚気《のろけ》？　お似合いおにあい。十色と違《ちが》って落ち着いてそうな人でバランスいいんじゃない？」

「おうおう？　急にわたしディスられてんのか？　おう？」

「あはは、冗談《じょうだん》じょうだん。ただでさえ気温やばいのにこれ以上お熱いのは勘弁してねー」

そう話し、笑い合う女子たち。

俺と十色がお似合い？　俺が相手の表情を窺おうと顔を向けたとき、背の高い方の女子が何かを差し出してくる。

「はいこれ、彼氏さん。二人で食べて」

それは小分けのチョコ菓子だった。少し溶《と》けているように見えるが……。俺は礼を言って受け取る。すると二人は「お邪魔でしたー」と手をひらひら振って帰っていった。

「聞いた？　お似合いだって」

友達の背中が遠ざかったところで、十色がこちらを振り向いた。足を組み、膝に突いた腕に顎《あご》を乗せるポーズでほくそ笑んでいる。

「ああ、言ってたな」

確かに、言っていた。それに、俺を無視して十色と話して終わりだと思っていたので、最後お菓子を渡《わた》されたときはさらに驚いた。

「作戦は順調に進んでるみたいだねぇ」

「十色セレクトのファッションのおかげか？」

「服だけじゃなくて、雰囲気《ふんいき》もいい感じ。正市の努力のおかげもあるよ。隣に女の子つれてても、まぁ違和感《いわかん》はない感じだ」

そこまで評価されるとは……。あまり褒《ほ》められ慣れておらず、逆に不安になってくる。え、なんか騙《だま》されてない？　このまま似合うにあうとおだてられ、怪しい幸運パワーの石のネックレスとか買わされたりしない？

俺が座《すわ》ったまま自分の身体を改めて見下ろしていると、十色が小さな声で続ける。

「ほら、次のお客さんがきたよ」

二組目の来客は、先程《さきほど》まで十色が一緒に行動していたクラスメイトたちだった。他の面々よりも少し俺と十色の関係に踏《ふ》みこんでいる中曽根も、一歩下がる形でついてきている。

彼女たちは抜《ぬ》け駆《が》けして俺と弁当を食べている十色をいじり始めた。

「今日だけ許して、お願いっ！　せっかくの校外学習なのに、この人ぼっち行動大好きっ子だから……。ほっといたら思い出なしで終わっちゃうの」

十色がそのいじりを俺の方へ向けてきた。おいおいと思うが、女子たちは「あはは」と声を出して笑っている。

「真園、なんで普段《ふだん》ぼっちなの？　友達いらないの？」

女子のうち一人が話しかけてきた。

「ああ、まぁ、ゲームとかするのが好きだから、いなくてもいいかなって」

「えー、そんなもん？　ていうか私服だと、全然普通な感じじゃん。ゲーム好きで友達いませんって言われても、信じられない感じ」

「あ、でしょー？　結構いい感じでしょ。わたしが気になっちゃう理由もわかるでしょ？」

そのあけっぴろげな十色のセリフに、また場が笑いで盛り上がる。

若干恥《じゃっかんは》ずかしさを覚えつつも、俺も一緒になって笑えていた……はずだ。少なくとも、俺一人が浮いているということはなかった。

ちなみに、ゲームが好きだから友達がいなくてもいいと言ったが、同じ趣味《しゅみ》を持つ気の合う友達がいればよりいい、というのが本音である。

「やぁやぁ、みなさん、楽しそうですなぁ。どれ、オレも混ぜてくれないか」

次にやってきたのは、すごく聞き覚えのある声の男。

「どうだい正市、友を裏切って得たハーレムは。おっと、お前さんには心に決めたお相手がいるんだったか。じゃあ女子に囲まれより取り見取りのその場所、譲《ゆず》ってくれい」

違う班になり、今日はこれまで特に話す機会のなかった猿賀谷《さるがや》だった。

「じゃね、十色」「またあとでねー」「彼氏と楽しんでー」

そう言い残し、次々と女子たちが踵《きびす》を返していく。すぐに来客は猿賀谷一人になり、辺りをわかりやすく悲しそうな顔で見回している。さすがエロ猿と言うべきか、いつの間にか女子に嫌《きら》われすぎだろ……。

「班のことはすまん。気を遣ってもらったのに」

俺が言うと、猿賀谷は首を横に振る。

「いやいや、いいってことよ。友の恋心《こいごころ》は何よりも尊重しないとな。十色ちゃん、こいつをよろしく頼《たの》むぜぃ？」

「おう、がってんでぃ」

十色が猿賀谷の語尾《ごび》を真似《まね》して、ガッツポーズをした。

「頼もしいもんだなぁ。ところで、その正市の格好も、十色ちゃんのセンスかい？」

猿賀谷が、目ざとい質問をしてくる。十色がちらりと、こちらを見てくるのがわかった。

彼女が何に引っかかっているのか、俺にはなんとなく想像がついた。俺は今、元々私服はこんな格好をしているという態で動いているが、中学時代から関《かか》わりのある猿賀谷に対してそれが通じるのか。その判断に迷っているのだろう。

なのでここは、俺が代わりに答えることにした。

「ああ、そう、十色チョイスだ。どうだ？」

俺が根っからのオタクでぼっち気質であることは、猿賀谷も承知している。それを踏まえた上でこうして絡《から》んでくれる、数少ない友達なのだ。彼《かれ》には別に隠《かく》す必要はないし、そもそも中学のとき数度だが遊んだことがあり、もう昔の私服姿は見られてしまっている。

「中々いいんじゃあないか？　落ち着いてるけどカジュアルって感じだ。兄ちゃんがいるからわかるんだが、大学生っぽい服装だな」

「そうそれ、その辺を狙《ねら》ったの！　特にオシャレオシャレはしてないけど、男子高校生の中にいたら少し大人びて見える、みたいな」

ほしかった感想をもらえたのか、十色が声のトーンを上げて割りこんできた。

「なるほどねぇ。いや、十色ちゃん、成功してるよこれ。オレもあまり派手な格好はしないから、かなりいいと思った」

確かに猿賀谷は普段からあまり派手な服は着ていない。今日も白い無地の半袖ブラウスに、淡い色のデニムという出で立ちだ。同級生とは系統が違うが、顔が悪くないのでどんな服も似合うなぁと思っていたのだが。案外そのシンプルな服装が、猿賀谷を大人っぽいイケメンに仕上げていたのかもしれない。

それから猿賀谷は、なぜか声を潜《ひそ》めて口を動かす。

「いい感じすぎて、ほら、見物客もいるみたいだぜ」

その視線が一瞬《いっしゅん》、彼の後方に向けられる。

俺も猿賀谷の身体越しに、そちらに目を向けた。

すると二〇メートルほど先の広場の中心辺りに、こちらを窺う者がいた。サイドにラインの入った綿のジャージのようなズボンに、スポーツブランドのロゴが大きく入ったTシャツを着ている。

「あいつは……」

名前をたまに聞いていたので、なんとなく顔も覚えていた。確か二組の春日部《かすかべ》とやらだ。

春日部には、十色を狙っているという噂があった。十色の友達である楓《かえで》という女子と、深い関係でありながら、である。

俺はすぐに目を離したが、むこうはまだ俺たちの方をじっと睨《にら》んでいるようだった。こちらに近づいてこようとしているのだろうか。

もしかすると、俺や猿賀谷がどいて十色が一人になるのを待っているのかもしれない。

——だとしたら、今、なんとかしなければ！

躊躇《ためら》いはなかった。

「とーいろっ」

俺はそう声にしながら、かぶっていたキャップ帽《ぼう》を取って十色のお団子頭に乗せた。

「わっ、とっ、何なに？」

深く下がったキャップのツバを指先で持ち上げ、十色がこちらを見てくる。

「いやー、十色がかぶったら似合うんだろうなと思ってな」

言いながら、俺はその帽子の頭を軽く撫《な》でてやる。「恋人ムーブ」と口の動きで伝える。

「え、やっ、やー、急に褒められると照れるなぁ。どう？」

一瞬《いつしゅん》戸惑《とまど》いを見せた十色だが、顎に指を当てながら上目《うわめ》遣《づか》いでポーズを決めたあと、

「けど、これは正市がかぶってた方がかっこいいから！　ほら」

キャップを俺に返してきた。頭にかぶせ、指でちょいちょいと前髪《まえがみ》を整えてくれる。

「よしっ、いい感じ」

されるがままだった俺だが、その間、再びこっそり広場の様子を窺った。

果たして視界に入ってきたのは、小さく離れていく春日部の背中だった。

さすがにこの半バカップルのような空気の中には入っていけないと思ってくれたか。俺が十色とお似合いで、つけ入る隙《すき》がないと思ってくれるのが一番だったが、どうだろうか。どちらにせよ、奴《やつ》はなんとか追い払《はら》えた。

俺はふぅと息をつく。

十色にはすでに俺という彼氏がいる。なので、他を当たってくれ――。

去り行く背中に、俺は心の中で唱えた。

「十色ちゃん、正市がいれば安心だなぁ。そんじゃあ、お邪魔虫もこの辺で」

そう言って、猿賀谷もその場を離れていく。

いつの間にか、ひそひそ話をする声やぷすぷす突《つ》き刺《さ》さる視線は消えていた。俺と十色がカップルであるということを認め、邪魔しちゃいけないという雰囲気になってきたのか。

その後も十色の友達が何組かきて、俺たちをからかっていったが、特に奇異《きい》の目を向けられることもなく、俺は十色の彼氏役をこなせていた。たまに会話に混ざることもできた。

俺の人生で、十色以外の女子とまともな会話をするときがこようとは。これまでだと、あってせいぜい前の席の女子から「真園くん、プリント、回して」「あ、あ、おう」くらい。俺が授業中寝ていたときの話だ。

今日の計画は、成功と言っていいだろう。

俺は十色によって、見事いい方向に改造をされたようだった。

「そろそろお昼が終わりの時間だな。午後からも自由時間だったたっけ？　班に戻《もど》らなくていいのか？」

「いいの。正市とすごすって話してきたから」

「そうか？　ならいいが……」

答えながら、俺はリュックを持って木の根から立ち上がる。

「ん？　どこ行くの？」

「ああ、ちょっとトイレで髪型《かみがた》直してくるよ。ずっとキャップに潰《つぶ》されて、ぺちゃんこになってるんだ。ワックス持ってきたしな」

俺の言葉に、十色が驚いたように目を見開き、それから眉《まゆ》をひそめる。

「わざわざこんな大自然の中にきてまで髪型直さなくても……」

「いやぁ、バスに乗るときとかはキャップ取ってるからな。なるべくちゃんとしときたくて。すぐ戻ってくるよ」

俺は広場の隅《すみ》にあるトイレへとつま先を向ける。歩きだすと、先程の十色の顔が脳裏《のうり》に蘇《よみがえ》ってきた。少し、険しい表情だった……。

――あれ、持ってきてたよな。

俺はそんなことを考えて進みつつ、リュックをがさがさと漁《あさ》ってとあるものが入っていることを確かめた。

☆

胸に、ちくんと痛みが走った。

今のはまずかったかな。わたし、結構ヤバい顔してたかも。バレてないといいけど……。

わたしだけは、絶対にそんな反応しちゃダメなのに――。

キャップを取り、髪《かみ》に指を通しながら離れていく正市の背中を見て、小さく息をつく。

わたしだけはそんなこと思っちゃダメなのに――を繰《く》り返して、わたしの中はもういっぱいになりかけていた。

正市改造計画は、概《おおむ》ね成功だ。見た目が大きく変わって、今日は周囲にも馴染《なじ》めていて。

それはとても嬉《うれ》しいし、感謝しているし、正市の努力も認めている。が、わたしは密《ひそ》かに、「そこまで頑張《がんば》らなくていいよ」という気持ちを抱《いだ》き続けていた。

努力している本人の前でそんなことは絶対に口にできないし、最初は自分もノリノリで協力していたわけだから何も言えないが。

正市はわたしのために変わると言ってくれたけど、わたしはもともと正市が大切だったし、わたしが本当に守りたかったのは、彼と一緒にオタク活動をする大好きな時間だった。

もし正市が周りに注目される感覚にハマり、これ以上ファッションなんかに目覚めてしまったらどうしよう。二人でのオタク活動の時間が、どんどん減っていってしまう。

服を買いに行った日、実はゲーセンで遊びたかったが正市がもっと小物を見たいと言いだして誘《さそ》えなかったとき。彼が大好きなトレーディングカードを買わず、ヘアスタイルの雑誌を買っていたとき。これまでしたこともなかった髪型のセットをするため、ワックスを持ち歩いているのを見たとき。

そんな彼が変わっていく瞬間《しゅんかん》を前にする度、胸がきゅっと締《し》めつけられたり、ちくちくと痛んだりといった感覚をわたしは覚えていた。

本当に勝手で、自分が嫌《いや》になる。

ただ、正市が変わってしまい、元のように遊べなくなるかもと思うと、心の底のざわざわが止まらないのだ。

こうして待ち時間がちょっと長くなるだけでも、正市が髪のセットにこだわりを持ち始めてしまったのかと気を揉《も》んでしまう。

「正市……」

彼はわたしのために動いてくれている。もちろんわたしも協力したし、感謝もしている。

だけど心の中は、なぜか矛盾《むじゅん》状態になってしまっていて……。

わたしは静かに目を閉じて、座ったまま膝に顔を埋《うず》めた。

「——色、十色、十色っ」

誰《だれ》かが名前を呼ぶ声が、だんだん近づいてくる。

気づけば心ここにあらずで考えこんでしまっていた。わたしはゆっくりと顔を上げる。

その目の前に、急に何かが差し出された。

「待たせたな、十色。これ、もちろん持ってきてるだろ？」

ぼんやりとしていた意識が急速に覚醒《かくせい》した。わたしは驚いて、彼の顔を見る。

逆光の中でもはっきりわかるほど、正市は満面の笑《え》みでわたしを見ていた。

＊

十色が最近たまに元気がないことに、俺は気づいていた。

一緒《いっしょ》に下校するときも、買い物に行っているときも、部屋ですごしているときも、基本はいつも通りなのだが、たまに何やらじっと考えこんでいるときがある。

そして、もう長いつき合いだ。その理由もなんとなくわかっていた。

俺が自分磨《みが》きに必死になっている間、十色はそれにつき合ってくれていた。きっと、他にもやりたいことがあっただろうに、彼女《かのじょ》はずっと俺を助けてくれていたのだ。俺はそれをわかっているにもかかわらず、彼女の気持ちを後回しにしてしまっていた。

余裕《よゆう》がなかったのだ。

今日、校外学習での作戦は無事終了《しゅうりょう》した。おそらく成功と言っていいだろう。ようやく今、肩《かた》の荷が本当に下りたかのように、身体が軽くなった。

そして俺は、

「これ、もちろん持ってきてるだろ?」

リュックにいつも持ち歩いている携帯《けいたい》ゲーム機を取り出し、十色に見せた。

「え、え、うん。持ってるよ」

「よし、じゃあやろうぜ!」

俺たちはいつも同じゲームにハマっている。今日もきっと、共通のソフトを持ち歩いているはずだ。

「え、うん……えっ？　ゲーム、今から？」

「ああ。俺たちが乗ってきた送迎《そうげい》バス、今は誰もいないからそっちに移動してやろうぜ。トイレに行ったついでに見てきたんだ」

「それで戻ってくるの遅《おそ》かったの？　正市、わたしが今ゲームしたいってわかったの？」

「十色がどんなこと考えてるかなんてだいたいわかる。……だから、待たせたなって。結構時間もらったから」

「……ほんとだよ。結構待ったよ」

驚きの抜けきらない顔をしていた十色が、文句を言うように口を尖らせてくる。

「悪かった。でも、今回はうまくいったようで本当によかった。今日で女子たちの俺に対する評価が少しでも上がってくれたら、他の男子も十色にちょっかいかけてきにくいだろ。もうそんな厄介《やっかい》ごとで時間を取られないために、入念な準備で頑張ってみたんだ」

そう言いつつ、俺は広場入口の方へと身体を向けた。すると十色がリュックを抱《かか》え、慌《あわ》てて立ち上がる。

「これでやっとまた、二人でゆっくりゲームができる」

「それって、ずっとオタク活動したいって思ってたってこと？」

「そりゃもちろん」

頷きながら、俺は歩きだす。

最初はただの偽装《ぎそう》カップル依頼《いらい》だったはずなのに。俺の我儘《わがまま》で、十色には本当に迷惑《めいわく》をかけてしまった。

申し訳ない。

だから、心に少しだけゆとりができた今は、なるべく十色の想いを汲《く》んでやろう。

彼氏であり、幼馴染《おさななじみ》として——。

☆

——そっか、一緒だったんだ。

わたしだけじゃなかった。正市も、わたしと同じ気持ちだった。

そう考えると、胸がなんだか疼《うず》きだす。

冷静に考えてみれば、正市がそう簡単には辞《や》められない重度なオタクであることくらい、十分に承知していたことだった。彼がオタク活動を我慢《がまん》してまで改造計画に真剣《しんけん》に取り組んでいたことを、きちんと察してあげるべきだった。全部、わたしのためなのに——。

正市はとてもとても優《やさ》しくて、誠実な男の子だ。

そして、わたしにはもったいないくらい、最高の彼氏だ。

広場を抜《ぬ》け、駐車場《ちゅうしゃじょう》へ続く道に入る。辺りに人気はない。

わたしは半歩前を歩く正市に、たたっと軽いステップで近づいた。

「正市、ありがとねっ」

耳元でそう囁きながら、勢い半分――。

彼のほっぺたにキスをした。

＊

――ぷちゅっ。

突然《とつぜん》、しっとりと柔《やわ》らかい感触《かんしょく》が押《お》しつけられ、俺は思わず頬を押さえた。

一瞬足を止めて固まり、それから彼女の方を振《ふ》り返る。

「お、お前――」

ふわりとして、それでいて痺《しび》れるようにじんと熱い、不思議な感覚が頬から離れない。

「これは恋人《こいびと》ムーブです」

十色は目を横に逸《そ》らしながら、This is a pen. くらいの調子で言う。

「こ、恋人ムーブ?」

「そう。最初に話してたゲーム、覚えてる?　その恋人ムーブ遂行《すいこう》のご褒美《ほうび》ってことです」

ああ、確かそんなことを言っていた。もしうまく恋人ムーブができたときは、何かご褒美をあげると。

これがその達成ボーナスってことか。

人生初、ほっぺたキス。

俺《おれ》が頬を押さえたまま考えていると、

「だ、だいたいさっ」

十色が逸らしていた視線を俺に向けてくる。

「キスなんてカップルにとって規範的《きはんてき》行動の一つだよ。何かを伝えたいとき、みんなぽいぽいしてるでしょ?　こんなんで動揺《どうよう》してたら、あー、正市、恋人ムーブ的にグレーだよ?」

「か、カップルでもぽいぽいはしないだろ。何かって、何を伝えたいときだ……?」

「そりゃあ、感謝とか、愛……とか?」

「愛……」

俺は思わず繰り返していた。十色がはっと目を見開き、再び顔を逸らす。その頬がじんわりと赤く染まっていく。

キスなんて本物のカップルからしたら当たり前のことだ、ということを言おうとしたようだが……。自然と口から出た言葉に、自滅《じめつ》してしまっている。

「い、行こっか！　集合時間まであんまり時間ないしね！」

「この空気はこのまま？」

「ん？　やー、山の空気はおいしいねぇ」

そう誤魔化《ごまか》すように言って深呼吸をするフリをし、十色はスタスタ進みだす。

俺は思わず小さく笑ってしまった。

若干《じゃっかん》口調も変だったし、なんとか恥《は》ずかしさを誤魔化そうとしていたのだろう。

――十色もキス、緊張《きんちょう》してたのかな。

ただまぁ、日常から離れた校外学習だ。こういうイベントの一つくらい、あってもいいんじゃないだろうか。

確かに山の空気はおいしいし、草木を揺《ゆ》らす涼しい風が気まずい空気なんてすぐに解かしてくれる。

俺はゆっくりと深呼吸をし、軽い足取りで十色の後を追いかけた。

エピローグ

「あわわわわわ～」

十色《といろ》の操《あやつ》る恐竜《きょうりゅう》キャラが、場外に吹《ふ》っ飛《と》んでいく。俺の巨大《きょだい》な亀《かめ》のキャラが炎《ほのお》を吐《は》いてアピールしているうちに、キランと星が瞬《またた》き、ゲームセットの音声が鳴り響《ひび》いた。

「くぅー、正市《まさいち》、もっかい」

悔《くや》しそうにベッドにこてんと転がった十色が、起き上がりこぼしのようにすぐ座り直す。

「何回やっても一緒だって。キャラ替えてやろうか？」

自分の椅子《いす》で胡坐《あぐら》をかきながらプレイしていた俺は、勉強机に置いていたオレンジジュースのコップを手に取り口をつけた。舌にすっぱい甘《あま》みが広がって、喉《のど》が潤《うるお》う。

「このままでいいから、もう一回！」

俺が勧《すす》めたジュースのコップを断って、十色が俺を急《せ》かしてきた。

土曜日、俺は午後から部屋にやってきた十色とゲームに興じていた。クラッシュブラザーズは大人から子供まで人気の乱闘《らんとう》ゲームシリーズだ。

部屋着でリラックスしながらプレイしていたのだが、気づけば熱中しており、いつの間にか時計の針は夕方の時刻を指している。

「二機目の崖下《がけした》、あれまだ復帰できたぞ。というか、無理でもいいから諦《あきら》めず試《ため》してみた方がいい。もっとプロ意識を持たないと」

「わたしいつからプロになった⁉　というか、敵にアドバイスしちゃっていいのかなぁ？　さっきだってゲーム内容は悪くなかったし、次に追いつめられるのはそっちかもよ？」

「はっ、言ってろ！　ステージどうする？」

「ランダムで！」

俺たちは何度目かわからない一対一のバトルを開始する。一試合だいたい五分前後、それをもう何十回と繰り返している。二人して握力《あくりょく》を確かめるように手をグーパーとさせ、コントローラーを握《にぎ》り直した。

「なんかさ、部屋でこういうの、久しぶりじゃない？」

乱闘が始まる中、十色がそんな話を振ってきた。

「そうだなぁ。すまん、校外学習前は、俺が自分のことばっかり夢中になってたから」

俺が答えると、十色は「やや、それは全然」と首を横に振る。

ぺろん、うわーお、あわわわわわわ。

ウガー、ガウッ、フガー。

バトルは珍《めず》しく拮抗《きっこう》状態。お互《たが》いにまず一機ずつ削《けず》り合う展開になる。

「ねぇ、正市？」

また十色が、呟《つぶや》くようなトーンで声をかけてきた。

「なんだ？」

「……無理させてごめんね。いろいろ振り回して、正市の時間、削らせちゃった」

ちらりと窺《うかが》うと、彼女はずっとテレビ画面の方を向いたまま。大きな瞳《ひとみ》にちかちかと光が反射している。

俺もゲームに向き直りつつ、口を動かした。

「……いや、全く気にするな。むしろ変わるきっかけをもらえてとても感謝してるんだ。こうして見た目だけでもちょっとはまともになれたしな」

その俺の言葉に、十色がくすっと笑った。

「ちょっとどころか、随分《ずいぶん》まともになったよ。最初はこのどうしようもない典型的オタクファッションの男子をどうしたもんか、かなり頭を悩《なや》ませてたことは内緒《ないしょ》にしておくね」

「……いや、言ってるじゃねぇか」

どうせならしっかり心の内にしまっていてほしかった。俺、そこまでひどかったの？

俺が傷ついているのを察してか、十色が明るい声を出す。

「だから安心しなって、今は随分まともだから。まぁ、いつどこに出しても恥ずかしくない男の子にはなったかな」

ゲームの中では俺が十色のキャラを崖の下に叩《たた》き落し、十色が俺のキャラをはるか彼方《かなた》にぶっ飛ばしていた。気づけばお互い残り一機のサドンデス状態となっている。

俺の番で、会話は途切《とぎ》れていた。

「いつ、どこに出してもか……」

そう言葉を繋《つな》ぎながら、俺は一度唾《つば》を飲む。ゲーム内では、お互いのキャラが相手の出方を窺って睨み合っていた。

最近ずっと気になっていたことがあった。どんなにそれを考えても、逆に他のことに意識を逸らしてみても、心の隅にこびりついて取れないこと。

なんとなく、訊《き》くなら今だと思った。

「今後のことだけどさ……。この仮初《かりそめ》の関係って、いつまで続くんだ？　……高校卒業まで、とか？」

普段通りの声を意識しすぎて、変にか細く震《ふる》えた声が出た。それでも最後まで言い切って、あとは十色の返事を待つ。

この関係は偽物《にせもの》で仮初、一時的な契約《けいやく》に基づいたもの。本物の恋愛《れんあい》関係にはゴールが存在するかもしれないが、偽物の関係ではいつしかやってくる終わりを待つだけだ。

それが、いつまでか。

十色はしばしうーんと声を漏《も》らし、思案していた。

「そだね。今のところ、終わりの予定はないよ？　全然、全く、このままずっと」

「ない？　全く？」

「うん。……正市がよければ、だけど」

終わりの予定はない。このままずっと、高校を卒業して、そのまた先も。

それはつまり、まだまだ偽物のカップルとして一緒にすごしていきたいという意味だ。偽装カップルとして、本物のカップルのようなムーブをし続けていく。

それってもうほとんど、普通《ふつう》につき合ってると言えるような……。

十色の真意はわからない。見れば十色は、テレビに目を向けながら薄《う》っすら微笑《ほほえ》んでいるようだった。

その口角が、少しずつ上がっていき——、

「ほれぃ！　隙ありぃ！」

次の瞬間、ゲームの中で十色の恐竜の横スマッシュが、俺の亀のどてっ腹にクリーンヒットしていた。俺が慌ててコントローラーを操作する頃《ころ》には、ウガーと苦しげな声と共に、亀が画面外に吹っ飛んでいってしまう。

　ゲームセット。

「よっしゃあ、正市、ジュース奢《おご》りね！」

「ちょっと待て、今のはズルだろ！　ていうかジュースなんか賭《か》けてないし」

「ズルくないし！　ちゃんと勝ったし！」

　そう言って十色は、いつものように子供っぽく唇《くちびる》を尖《とが》らせる。

「くそう、十色、もう一回だ」

「えー、まだやるの？　それよりジュース」

「そのジュースルールが適用されるなら、お前もうすでに何十本分の借金があるはずだぞ」

「まったく、正市は屁理屈《へりくつ》ばっかしなんだからぁ」

「屁理屈じゃねぇ。じゃあ次、次負けた人がジュース奢りってことで」

　とにかく負けたままでは終われない。俺がすぐにステージ選択《せんたく》を始めると、

「ぷっ、あははは」

　十色が急に笑いだす。

「どうしたんだよ」

「や、やーね、やっぱしわたしたちにはお家《うち》デートってのがぴったり合うなーって。こうして二人でゲームして、わいわい騒《さわ》いで」

「何かと思えば……。でもまぁ、そうだな」

十色のその言葉には、心から共感できた。

人前でカップルっぽく行動するのも、十色と一緒ならば楽しくはあった。だけどやはり、こうして二人でゲームなんかをする時間が、とてもほっとする。お家デート、いい言葉だ。

この時間、カーテンの隙間《すきま》から斜陽《しゃよう》が差しこんでくる。

光が顔に当たり、頬がじんわり熱くなった。

優しく染まった、俺たちの落ち着く部屋。

だけど俺はこれまでとは違《ちが》う心の弾《はず》みを、胸の奥《おく》に感じていた。

あとがき

ラノベ作家を志した頃、一つ夢がありました。

いつか、どんな作品でも構わないので、修学旅行の話を書くこと。

多くの学園モノで、シリーズが続けば自ずと訪れるイベント、修学旅行。普段とは違う舞台で、浮足立った雰囲気で、男女の仲は縮まりつつ、物語は終盤へと勢いを増していく。

そんな最高に盛り上がるシーンの中、書きたいエピソードの妄想がたくさんあるんです。

ただし、新人賞の応募作や新シリーズ一巻目から修学旅行編をぶちこみ、この作品は最初からクライマックスだぜ――なんて荒業、どんなに勇気があってもできません。

それは作品が売れた人気作家の特権。――なので結論、売れるといいなぁ。

謝辞です。今回もお世話になりました、担当のSさん。ラフを見ただけでウキウキする素敵な絵を描いてくださった塩かずのこさん。そしてこの本を手に取ってくださっているみなさんへ。本当にありがとうございます！

叶田キズ

HJ文庫
948
http://www.hobbyjapan.co.jp/hjbunko/

ねぇ、もういっそつき合っちゃう？1

幼馴染の美少女に頼まれて、カモフラ彼氏はじめました

2021年8月1日　初版発行

著者——叶田キズ

発行者—松下大介
発行所—株式会社ホビージャパン

〒151-0053
東京都渋谷区代々木2-15-8
電話　03(5304)7604（編集）
03(5304)9112（営業）

印刷所——大日本印刷株式会社

装丁——coil／株式会社エストール

ISBN978-4-7986-2557-7　C0193